武當前生

무당전생

3

dream
books
드림북스

무당전생 3

초판 1쇄 인쇄 / 2015년 1월 16일
초판 1쇄 발행 / 2015년 1월 30일

지은이 / 정원

발행인 / 오영배
책임편집 / 편집부
펴낸 곳 / (주)삼양출판사 · 드림북스

주소 / 서울특별시 강북구 솔샘로67길 92
대표 전화 / 02-980-2112 팩스 / 02-983-0660
편집부 전화 / 02-980-2116 팩스 / 02-983-8201
블로그 / blog.naver.com/dreambookss

등록번호 / 제9-00046호
등록일자 / 1999년 3월 11일

ⓒ 정원, 2015

값 8,000원

ISBN 979-11-313-0198-2 (04810) / 979-11-313-0195-1 (세트)

* 지은이와 협의하에 인지는 생략합니다.
* 잘못된 책은 구입한 곳에서 바꾸어 드립니다.

이 도서의 국립중앙도서관 출판시도서목록(CIP)은 서지정보유통지원시스템홈페이지
(http://seoji.nl.go.kr)와 국가자료공동목록시스템(http://www.nl.go.kr/kolisnet)에서
이용하실 수 있습니다. (CIP제어번호: 2015001514)

무당전생

3

정원 신무협 장편소설

ORIENTAL FANTASY STORY & ADVENTURE

dream
books
드림북스

武當前生

무당전생

목차

第一章　무력압도(武力壓倒)　007

第二章　협의출전(俠義出戰)　029

第三章　경국지색(傾國之色)　055

第四章　기녀동행(妓女同行)　089

第五章　금의검문(金意劍門)　117

第六章　망외소득(望外所得)　141

第七章　수구초심(首邱初心)　173

第八章　소녀연심(小女聯心)　199

第九章　금의위(錦衣衛)　225

第十章　무공사범(武功師範)　247

第十一章　황궁무예(皇宮武藝)　267

第一章
무력압도(武力壓倒)

　인탈방주 거후는 무려 방도(幇徒) 삼십을 이끌고 진미
객점을 포위했다. 진양의 생각대로 어제 살수를 고용하여
그를 습격한 장본인이었다.

　거후는 새벽 즈음에 고용했던 살수가 찾아와 비록 두 명
이 죽이긴 했으나, 송화를 손에 넣는데 가장 큰 방해꾼이
었던 무당의 애송이를 중독 시키는데 성공했다고 보고를
받았다.

　비록 죽지는 않지만, 그래도 해독 때문에 대부분 내공을
소실하여 오늘 하루 동안은 내공을 사용하지 못할 것이라
는 살수의 설명을 들은 거후는 기다렸다는 듯이 방도들을

이끌고 찾아왔다.

"크흐흐흐."

그토록 꿈에 그리던 계집을 품에 안을 생각을 하니 벌써부터 하반신에 힘이 들어간다.

거후는 혀를 내밀어 입술을 적시곤 욕망으로 번들거리는 눈동자로 정면을 쳐다봤다.

말코 도사를 부르자, 얼마 지나지 않아 끼이익 하고 문이 열리면서 도복 차림의 무당파 제자가 나타났다.

진양이다.

"마지막 밤은 편하게 잤느냐? 아니, 해독하느라 그럴 시간이 없었겠지."

"네가 인탈방인가 뭔가 하는 정신 나간 이름으로 활동하는 천하의 쌍놈이더냐?"

진양이 여유를 잃지 않고 태연한 어조로 물었다.

'으응?'

거후가 눈살을 찌푸렸다. 해독을 하느라 내력을 소모해 틀림없이 지쳤을 거라는 놈이 생각보다 건강해 보여서 조금 의문이 생겼다.

그렇지만 이내 거후는 머리를 좌우로 절레절레 흔들며 멀쩡할 리가 없을 거라고 생각했다.

"흥! 꼴에 무당이라고 허세를 부리는구나. 네가 설사 고수라고 해도 독에 당해 해독하느라 내력을 소진한 건 당연할 터. 게다가 그 사이에 내력을 그렇게 빨리 회복할 리 없다. 얌전히 목을 내놓는다면 고통스럽지 않게 보내주겠다.”

허세가 확실하다는 생각이 들자 거후는 두려움 하나 없이 허리춤의 도 한 자루를 빼내들곤 비릿하게 웃었다.

그러자 주위를 포위한 인탈방도들도 각자 사악하게 웃음을 흘리며 병장기를 꺼내 들었다.

“그나저나 아침부터 사내 놈 상판을 보니 기분이 나쁘구나. 내 마누라는 어디다 숨겨놨느냐?”

“네 마누라는 이승에도 저승에도 없다. 다음 생에 금수(禽獸)로 태어난다면 찾을 수는 있다.”

진양이 눈썹 하나 까딱하지 않고 무표정으로 대답하곤 주먹을 꽉 쥐고 손가락뼈를 엇갈려 우드득 소리를 냈다.

너무 자신만만하게 걸어 나왔기 때문인지 인탈방도의 표정에서 약간의 불안감이 묻어났다.

비록 독에 당했다곤 하나, 강해봤자 삼류의 수준에서 끝나는 그들에게 있어 무당파의 제자는 두려운 존재였다.

듣기론 검으로 집채만 한 바위도 벤다고 하던데, 어찌 그게 사람인가? 괴물이지.

“바, 방주님. 정말 저놈 독에 맞은 거 맞습니까?”

근처에 서 있던 인탈방도가 물었다.

'저놈 낯이 익네.'

가만 보니 어디서 본 것 같았다. 그래서 머리를 살짝 굴려보니 누군지 알 수 있었다.

어제 중식쯤에 찾아와서 일부러 놓쳤던 삼류 수준의 인탈방도였다.

"왜 또 왔어? 난 나쁜 놈은 다시 보면 정상으로 잘 안 보내줘. 얌전히 도망쳤으면 목숨이나 단전은 무사했을 텐데."

한 명에게 시선을 고정한 진양이 말했다.

"히익."

인탈방도는 어제의 공포가 살아났는지 새하얗게 질렸다.

그런 인탈방도를 거후가 한심하다는 듯이 쳐다봤다.

"멍청한 놈. 저놈은 조금이라도 살기 위해서 허세를 부리고 있을 뿐이다. 게다가 원래 정파인이란 것들은 허영심이나 자존심이 강해서 어떤 상황이건 저 지랄을 떠니 무서워하지 마라. 방주인 이 나를 못 믿어?"

"알겠습니다."

아직 꺼림칙하긴 하지만, 인탈방도는 거후의 말에 수긍했는지 공포를 지워내고 당장이라도 뛰어들 것 같은 자세를 취한다.

"자네 정말 괜찮겠나?"

소란을 듣고 일 층으로 달려온 송직모가 물었다.

아직 송화가 다시 건강해졌는지 제대로 살펴보지 못했
지만, 만약 인탈방도가 한 명이라도 객점을 통해 들어온다
면 송화의 안위를 보장할 수가 없다.

그래서 아비로서 딸을 지키기 위해 주방에서 쓰는 채도
(菜刀) 한 자루를 쥔 채 입구에서 자리를 지키기로 했다.

"작은 숫자도 아니고 얼추 삼십은 되는 것 같네. 혼자서
싸울 수 있는 겐가?"

무당이 굉장하다는 건 예로부터 들어서 잘 알고 있다.

그렇지만 송직모는 청솔을 제외하곤 무당파의 제자는
물론이고 무림인을 제대로 본 적이 없다. 청솔 또한 요리
공부를 하면서 함께 어울렸을 뿐이지, 그가 싸우는 모습조
차도 본 적이 없었다.

그의 상식대로라면 아무리 천하의 무당파 제자라고는
하지만 고작 약관을 살짝 넘은 청년이 악명 높은 인탈방도
삼십 명 정도와 싸운다는 것에서부터 불안감을 느꼈다.

"예. 자랑은 아니지만 이래봬도 제 무공 수위는 제법 쓸
만합니다."

진양이 안심시키려는 듯 생긋 웃음을 남기곤 주변을 슥

하고 훑어봐 인원의 위치를 머릿속에 새겨두었다.

일단 확실하게 여기에서 딱히 위협이 될 놈은 별로 없다. 방주인 거후조차도 강해봤자 이류 끝, 혹은 일류에 겨우 턱걸이 하는 수준이다.

차라리 어제 습격한 살수들이 더 위협적이었다고 생각이 될 정도다.

"죄다 덤벼들어!"

거후가 사자후를 터뜨리듯이 괴성을 내지른다.

"와아아아!"

"죽어!"

많아봤자 흑도방파다. 합격진은 고사하고 진형 자체도 뒤죽박죽이라 도리어 서로의 움직임이 방해가 돼 전력이 약해질 정도다.

병장기를 하나씩 쥐고 마구잡이로 덤벼드는 삼십여 명.

그래도 아주 약간의 생각은 있는지 여러 방향으로 열 명씩 짝을 맞춰 덤벼온다.

진양은 지면을 부드럽게 밟으며 여러 방향으로 날아오는 검격이나 도격 등을 제운종을 통해 가볍게 피해 냈다.

슈슈슈슉 하고 허공을 베며 날아오는 섬뜩한 칼날들.

그러나 정말로 구름 위를 걷듯이, 가벼운 몸놀림으로 자유자재로 회피하는 그에게는 상처 하나 남기지 못했다.

"쥐새끼 같은 놈!"

인탈방도가 땀을 뻘뻘 흘리면서 계속해서 검을 휘두르지만, 전혀 닿지 못한다.

정신을 차리고 보니 삼십여 명이 서로 얽혀서 한 사람에게 농락당해 아무것도 못 했다.

그 광경을 보고 있던 거후가 살짝 당황했지만, 금방 무언가 눈치챈 듯 다시 비릿하게 웃으며 목소리를 높인다.

"도사 놈은 내공을 다 소진해 아무것도 하지 못한다! 반격하지 못하고 피하고 있는 게 증거다!"

방주의 말에 자신감을 얻은 그들은 힘을 얻고 전력을 다해 병장기를 휘둘렀다.

위에서 아래를 내려다보면 한 명을 중심으로 포위하고, 목표를 향해 밀집 형태로 모여 있었다.

주변을 슥 훑어봐 진형을 확인한 그는 그제야 본 실력을 발휘하기로 마음먹었다.

'이렇게 모여들어야 처리하기 쉽지!'

고수를 상대하는 것도 아니고, 강해봤자 삼류 무인밖에 없는 인탈방이 한꺼번에 많이 덤벼봤자 상대도 안 됐다.

그렇지만 어제 새벽에 당했던 독공이 떠올라 다시는 방심하지 않고 머리를 굴려 전력으로 적을 쓰러뜨리고 다짐한 진양이다.

그래서 괜히 하나하나씩 상대해서 지구력이나 체력 등을 많이 소진하지 말자고 생각한 그는 전법을 짰다.

　일단 마구잡이로 날아오는 공격을 그냥 회피하는 듯싶었으나, 사실은 적들의 움직임을 의도해서 한곳에 유인했다. 일격으로 보다 효율적으로 적들을 처리하기 위해서다.

　제운종을 드디어 멈춘 그는 하체에 힘을 그대로 싣는다. 무게뿐만이 아니라 내력이 더해져, 발밑에서 흘러나오는 힘은 막강하다는 말 외에는 설명할 수 있는 말이 없다.

　그리고 지면에 발을 굴러 힘껏 밟는다.

　콰앙!

　발에 실린 무게는 마치 포탄이 떨어진 듯, 지면을 꿰뚫어 입이 떡 벌어질 정도로의 파괴력을 선보였다.

　흙과 자갈이 뒤섞여 분수처럼 치솟아 허공으로 비산한다. 충격에 잇따른 진동이 일어나 지진이라도 일으킨 듯 땅의 일정한 부분이 흔들렸다.

　그를 중심으로 반경 일 장가량이 내려앉았고, 먼지구름이 황사처럼 일어나 주변을 휩쓸었다.

　'천근추(千斤錘)를 실전에 쓰기엔 처음인데 잘 됐다.'

　천근추란 무게와 내력을 한 곳에 일시적으로 죄다 실어, 일격에 파괴력을 높일 수 있는 수법 중 하나다.

　태극권에서 권격을 날릴 때도 이 천근추라는 수법을 쓰

는데, 평소엔 약 오 할 정도 싣는 편이다. 전력을 다하면 이렇게 땅이 깊게 파이고 박살나기 때문이다.

"뭐, 뭐 이런……."

이번 일격으로 쓰러진 자만 반절이다.

딱히 직접적으로 치명상을 입지는 않았지만, 서로 밀집된 상태에서 쓰러지다보니 들고 있던 병장기가 의도치 않게 동료를 찔러 상처를 입혔다.

몇몇은 재수 없게 심장이나 목 부분에 찔려서 꺽꺽 거리다가 그 자리에서 절명했다.

남은 반절은 그 광경을 보고 지레 겁을 먹었다.

"머, 멀쩡하잖아!"

"정말로 독을 당한 거 맞아?"

수군수군. 서로 눈치를 보면서 뒷걸음질 친다.

그들도 천근추가 무엇인지는 않다. 진양이 어떤 원리로 땅을 박살낸 지도 알았다. 하지만 그들이 알고 있는 천근추와는 차원이 달랐다.

다들 천근추라하면 보통 서로의 병장기를 부딪쳤을 때 무게를 싣기 위해서 쓰는 편이다.

그러나 저 괴상망측한 천근추는 무엇일까, 대체 얼마나 공력을 쏟아 부었으면 지면이 박살나고 가라앉는지 상상조차 할 수 없었다.

다만 한 가지 확실히 알 수 있다는 것은, 거후가 말한 대로 내력이 없기는커녕 웬만한 구파일방의 노고수보다도 내력이 무시무시할 정도로 쏟아 넘친다는 것이었다.

　'역시나 많은 수를 상대할 땐 이렇게 겁을 먹이게 하는 것이 최고의 전법이구나.'

　일 대 다수에서 싸우는 전법은 크게 둘로 나뉜다.

　첫 번째는 우두머리만 노리고 싸우는 것이다. 어디에 소속되어 있는 단체는 머리가 잘리면 사기를 잃고 아무것도 하지 못한다.

　그리고 두 번째는 이처럼 압도적인 무위를 보여서 싸울 의지 자체를 상실시키는 것. 그렇게 되면 반격은커녕 도망갈 궁리밖에 하지 않으니 크게 이득이다.

　참고로 전자보다 후자의 효과가 더 크다. 그래서 진양도 후자를 택하고 천근추에 거의 전력을 쏟아 냈다.

　거후도 충격을 적잖게 받았는지 떨리는 동공에 공포와 불안감이 묻어났다.

　'마무리로 가 볼까.'

　진양이 빙판 위를 미끄러지듯이 순식간에 거후의 코앞까지 다가왔다.

　"으아아악!"

　잔뜩 겁을 먹은 거후가 도를 마구잡이로 휘둘렀다.

마음먹고 초식을 펼쳐도 맞을까 말까인데, 마구잡이로 휘두른 칼이 들어갈 리가 없다.

진양은 발걸음만 살짝살짝 움직이고, 고개를 까닥이는 것만으로 도를 손쉽게 피해 냈다.

"다른 놈들은 몰라도 넌 곱게는 못 끝나."

무심한 얼굴로 주먹을 내지른다.

깨끗한 직선을 그려내며 유성처럼 긴 궤적을 남긴 주먹은 그대로 거후의 면상에 정통으로 들어갔다.

"끅!"

거후가 외마디 비명을 질렀다. 코뼈가 부러졌는지 혈액이 폭포처럼 쏟아져 내렸다.

주먹에 정통으로 맞은 그는 지면에 튕겨져 나가 데굴데굴 구르더니만, 시뻘건 피가 뚝뚝 떨어지는 코를 부여잡고 앓는 소리를 냈다.

'잘못 걸렸다!'

가슴 깊숙한 곳부터 후회가 물밀듯이 밀려온다.

애송이라고 봤지만, 보통 애송이가 아니었다. 놈은 틀림없는 고수였다. 가끔 구파일방에서 재능이 뛰어난 애들은 어릴 때부터 영약을 먹이고 상승 무공만 배우게 한다는데, 저놈이 그런 고수라고 추측됐다.

평소에 술과 여자로만 가득하던 거후의 두뇌가 빠르게

공회전한다.

거후는 그다지 머리가 좋진 않다. 그렇지만 처세술이나 생존 능력은 뛰어나다.

흑도같이 밑바닥 인생을 사는 사람들은 눈치가 좋다.

다들 하나같이 악독한 놈들 밖에 없어서, 나이나 사정에 상관없이 정신을 차리지 못하면 이용당하기가 쉽다.

거기서 살아나려면 당연히 남들보다 눈치도 빨라야하고, 처세술도 좋아야 살아남을 수 있다.

거후도 어릴 적부터 밑바닥 인생을 살아와 그렇게 목숨을 부지했다. 그는 가망이 없다는 걸 깨닫고 빠른 판단을 내렸다.

"대협을 몰라 봬서 죄송…… 컥!"

말이 이어지지 못하고 비명으로 변했다.

곧바로 허리를 숙이기도 전에, 진양이 다시 코앞까지 다가와서 턱뼈를 발끝으로 후려친 것이다.

다가올 충격에 어느 정도는 대비하고 있었기 때문에, 다행히 혀를 깨무는 불상사만큼은 피할 수 있었다.

진양은 코와 턱을 부여잡은 채 부르르 떠는 거후를 차가운 눈으로 내려다보았다.

'어떤 짓을 할 줄 모르는 놈에겐 이렇게 선수 쳐서 기를 죽여 놔야 한다.'

괜히 어정쩡하게 때려놓고 안심하면 아니 된다.

영화에서 보면 꼭 이런 놈들이 사과를 해놓곤, 주인공이 잠깐 방심한 사이 숨겨진 비수나 독 같은 걸 뿌려서 치명적인 일격을 가한다.

그렇다면 애초부터 허튼짓을 하지 않게 자신이 우위에 설 필요가 있었다.

진양은 딱히 어떠한 한 마디도 없이, 부하들이 보는 앞에서 거후의 기를 철저하게 죽이도록 행동을 가했다.

첫 번째로 일단 양팔이다.

돌에 맞은 개구리처럼 뒤로 벌러덩 누워있는 거후에게 천천히 다가가 턱을 부여잡은 양손을 발로 쳐내 억지로 풀어낸 뒤, 일단 오른쪽 팔부터 밟아 뼈를 부러뜨렸다.

"으아아아악!"

거후에게서 고통으로 가득 찬 비명이 흘러나왔다.

'보, 보통 놈이 아니다! 이 녀석, 진짜 정파인이 맞나?'

머릿속에서 무당의 도사가 맞냐는 의문까지 튀어나왔다.

정파인들이 마두나 사파인, 그리고 흑도방파에게 사정을 봐주지 않는다는 것은 알고 있었으나 주저하지 않고 잔혹한 술수를 할 줄은 몰랐다.

적어도 이야기는 들어줘야 하지 않는가.

또한 보통 사죄를 한다면 약간은 봐주기 마련이다. 거후는 남은 한 팔과 두 다리를 지키기 위해서 필사적으로 호소했다.

"오, 오해하시는 모양입니다. 전 저 여자, 아니 아가씨께는 아무런 손도 대지 않았습니다."

거후는 혹여나 이 미친 애송이 도사 놈이 평소 노리던 송화와 특별한 관계여서 이렇게 화내는 것은 아닐까 하고 혼자 착각했다. 어떻게 해서든 고통에서 벗어나기 위해서 여러 추측을 하여 아무렇게나 지껄였다.

당연하지만 진양에게는 효과가 없었다.

그는 딱히 어떠한 대답도 하지 않고, 이번에는 한쪽 다리를 우지끈 밟아 뼈를 박살 냈다.

"끄흐아아악!"

또다시 터지는 비명.

지켜보던 인탈방도의 안색이 백지장처럼 창백해졌다.

그들에게 있어 방주는 공포의 근원이며, 폭력의 상징이다. 그 절대 권력을 펼치던 방주가 반항 한 번 해보지 못하고 속수무책으로 당하고 있으니 겁먹는 건 당연하다.

그들은 슬그머니 눈치를 보면서 도주할 준비를 했다.

흑도방파에게 의리란 것은 결코 존재하지 않는다. 서로의 이익을 위해서 강한 놈에게 잠시 붙고, 말을 들었을 뿐이지 그 이상 그 이하도 아니었다.

의리는 꿈에서나 나올 법한 상상속의 이야기라서 그들은 방주가 당하자마자 벌써부터 병장기를 숨기고 슬금슬금 내빼려했다.

"너희도 알다시피 난 구파일방의 무당 제자다. 개방과는 같은 구파일방인지라 성도에서 도움을 청한다면 인탈방 출신의 인탈방도들은 죄다 찾아줄 수 있지. 그러니 더한 고통을 받고 싶지 않다면 얌전히 서 있는 게 좋을 거야."

이제 막 도망치려던 이들이 일제히 발걸음을 멈추었다.

'이제 이놈을 어찌할까?'

방법은 둘 중 하나다.

죽이거나, 혹은 관청에게 넘긴다.

해결 방안 중 전자는 가장 손쉽다. 방주를 죽이면 그만이고, 어차피 흑도방파에 의리 따윈 없으니 원한 관계를 만들어질 일도 없다.

그렇지만 성가신 일이 하나 생긴다.

죽이려면 거후 뿐만 아니라 인탈방 전체 인원의 목숨을 죄다 뺏어야했다. 거후가 죽어봤자 인탈방 내에서 제 이인자가 방주로 오를 것이며, 송화의 미모는 상당한지라 또 접근을 해올 수가 있다.

즉, 인탈방을 아예 해산시켜야 했다.

문제는 하루아침에 서른 명이나 죽는다는 것이다.

아무리 관군이 무림 일에 잘 관여하지 않는다고 해도, 여긴 성도다. 게다가 정파나 사파의 세력권도 약세인 데다가, 여긴 사천의 중심지인지라 관군이 어느 정도 치안 문제로 관여하긴 했다.

아무런 인맥이 없는 진양인지라 이 정도 인원을 죽였다간 일단 관군이 와서 조사를 받으라고 할지 모른다.

그렇게 되면 상당히 귀찮아지고, 신분이 신분인지라 조금 꺼림칙했다.

그는 전자를 버리고 후자를 택하기를 했다.

"널 죽이지는 않겠다. 그렇지만 혹시 모르니 단전을 폐쇄하고 관청에 넘겨줄 테니 그렇게 알아라."

"……."

거후가 비굴한 표정을 지워내고 얼굴을 일그러뜨렸다.

무림인에게 단전을 폐쇄한다는 것은 일반인보다 사형선고나 다름없는 일이다. 게다가 설사 인맥이나 뇌물을 통해 풀려난다고 해도 목숨을 보장할 수 없다.

그가 워낙 악행을 많이 저질러 원한 관계가 수도 없이 많았고, 방주 자리를 노리는 수하들이 뒤통수를 칠 수 있어서 죽은 목숨이나 다름없었다.

희망이 없다는 걸 깨달은 거후를 태도를 바꾸었다.

그는 진양이 잠시 발을 뗀 사이에, 죽기 전 발악이라도 부리듯 다리가 부러졌는데도 자리에서 벌떡 일어나 아직 멀쩡한 왼손으로 진양의 목을 노렸다.

"이 빌어먹을 새끼가!"

"내 그럴 줄 알았다."

거후가 어떤 반응을 보일지 어느 정도 예상한 진양은 다시 발을 번개같이 출수해 거후의 다른 멀쩡한 다리를 후려쳐 부러뜨렸다.

"악!"

겨우 몸을 일으킨 거후가 다시 균형을 잃고 쓰러진다.

게다가 공격은 거기서 끝나지 않았다. 진양이 곧바로 회수한 발을 다시 위에서 아래로 짓눌러 정확히 단전이 있는 부위를 공력을 실어 밟은 것이다.

"커억."

대해와 같은 공력과 눈으로 좇기도 힘든 무위에 이기지 못한 거후는 결국 단전이 파괴됨과 동시에 의식을 잃었다.

눈은 뒤로 까뒤집혀지고, 입에 거품을 물었다.

고통도 고통이지만 이 무림을 살아오며 겨우겨우 모았던 힘의 증표가 사라진 것에 큰 정신적 충격을 버티지 못했다.

진양은 흠, 하고 그를 무심한 눈길로 내려다보다가 몸을 돌려 주변에 공포로 질린 얼굴로 멀뚱멀뚱 서 있는 인탈방도를 보고 위협을 가했다.

"너희도 이렇게 되고 싶지 않으면 가만히 있는 것이 좋다. 그리고 알아서 관청에 스스로 들어가는 것이 좋을 거야. 특별히 단전을 부수지 않겠으니 얌전히 니네 방주를 데리고 관청에 들어가라."

"……."

다들 죽어도 싫었지만, 서로 눈치를 보며 별수 없는지 어두운 안색으로 고개를 끄덕였다.

방주처럼 반항했다간 어떻게 될지는 뻔한 일이다.

단전이 파괴되는 것보단 차라리 옥에 들어가 몇 년간 썩는 것이 훨씬 낫다.

"그리고 앞으론 진미 객잔은 물론이고 관계된 사람은 절대 건들지 않는 것이 좋을 거야. 점주분께선 무당과 연이 있는 분이니 건든다면 어찌될 줄은 말 안 해도 알겠지?"

"예……."

"좋아. 그럼 괜한 짓 하지 말고 관청에 가서 자수해. 한 사람도 빠짐없이 들어가는 게 좋아. 만약 누구 하나라도 도망을 쳤다간 너희를 죄다 어떻게 할지 모르니까."

군대에서 배운 것이지만 연대 책임이란 참 좋은 체계라고 생각된다.

만약 개인이 잘못을 한다면, 어쩔 수 없이 단체의 인원들에게 미움을 받게 된다.

하물며 현대도 아니고 흑도방파라면 원한을 가지고 후에 옥에 나온 인물들이 도주한 놈을 찾아 죽는 것보다 더한 고통을 줄 것이다.

뭐, 어차피 진양과 무당이 무서워서 감히 도망칠 생각을 하지 않겠지만 말이다.

'그럭저럭 해결됐나.'

이제야 조금 마음이 편안해진 진양이었다.

第二章
협의출전(俠義出戰)

　사천의 중심, 성도가 살짝 소란스러워졌다.

　골칫덩이였던 흑도방파, 인탈방이 이른 아침부터 관청으로 대거 찾아온 것이다.

　관군들은 처음에 인탈방이 혹시 미쳐서 반역을 일으킨 건 아닐까 걱정했지만, 황당하게도 그들은 한 명도 빠짐없이 죄다 자수했다.

　처음엔 이게 웬일인지 이해하지 못했는데, 자초지종을 들어보니 무당의 도사에게 잘못 걸려 멸문 당했다는 걸 알고 그제야 수긍한 듯 고개를 끄덕였다.

　흑도방파나 사도련의 중소문파 등이 정파인에게 잘못

걸려 하루아침에 멸문지화 당하는 것은 흔한 일이었기 때문이었다.

이에 관리는 조금 아쉬워했다.

그는 예로부터 인탈방에게서 간간히 범죄를 눈감아 주는 것으로 뇌물을 받아 심심하게 재미를 봤는데, 방주가 단전이 폐쇄되고 팔다리가 죄다 부러졌다는 소식을 듣고 아쉽지만 그들을 옥에 처넣었다.

인탈방은 만들어지지 얼마 안됐지만, 방주가 제법 능력이 뛰어나서 빠른 기세로 성장했었다.

그래서 금세 성도에서 나름대로 세력을 자랑했고, 돈도 제법 벌어들여 뒷돈이 짭짤했었다.

하지만 이는 방주인 거후 덕분이라서, 거후가 다신 일어나지 못한 이상 인탈방은 더 이상 소용이 없었다.

그러니 그냥 세간에서 욕을 먹는 흑도방파를 처넣어서 실적을 쌓아두는 게 아까워도 훨씬 나았다.

성도 사람들은 이 소식을 듣고 환호했다.

인탈방은 이름에 걸맞게 악독한 짓을 행하던 놈들이었다. 돈이 없는 상인들에게 자릿세라는 명목으로 돈을 뜯었고, 예쁜 여자들을 보면 신분을 따져 문제가 없다면 납치도 서슴지 않았던 놈들이다.

게다가 고리대금업을 통해서 피눈물 흘린 자들도 제법

많았기 때문에, 인탈방이 사라지자 돈을 갚지 않아도 된다는 생각에 행복한 비명을 질렀다.

덕분에 진양의 명성도 높아졌다.

외곽 측에 있는 진미 객잔에서 벌어진 일이다 보니 누가 인탈방을 박살 냈는지 알 수는 없었다.

그러나 진매 객잔의 점소이는 진양의 압도적인 무위를 보고 감탄하여, 주변 사람들에게 자랑하듯이 그 일화를 가르쳐 주었다.

그러다 보니 입에서 입으로 전해져 소문이 퍼진 것이다.

그 덕분에 태극권협 진양이란 이름이 순식간에 성도 전체로 퍼졌다. 물론 태극권을 쓴 건 아니지만, 아직 이렇다 할 별호가 이것밖에 없으니 별수 없는 일이었다.

*   *   *

시간은 쏜살같이 흘러가 일주일이 지났다.

송직모의 고민이었던 문제가 해결되자, 진미 객점에는 다시 손님들의 발걸음으로 인산인해를 이루었다.

애초에 원래부터 유명했고, 최근 일어난 인탈방 해산의 중심이 된 곳인지라 단연 화제가 되어 사람들이 몰려들었다. 덕분에 송직모의 입은 귀 밑으로 찢어질 정도였다.

한 명밖에 없던 점소이도 무려 다섯 명으로 늘었고, 예전에 호위를 맡았던 이들이 소식을 듣고 다시 호위로 고용하지 않겠냐고 제의가 들어왔다.

　물론 송직모는 마음에 들지 않아서 죄다 해고했고, 이번엔 남자가 아니라 여자를 수소문해서 호위를 고용했다.

　송직모는 진양에게 하루에도 몇 번이나 감사인사를 하며 괜찮다면 얼마든지 묵으면서 시간을 보내라고 했다.

　하지만 진양은 약 일주일이 지난 오늘, 이제 그만 돌아가 보도록 하겠다고 했다.

　애초에 자신은 유람이 나온 것이 아니라 청솔의 심부름 때문에 사천 땅을 밟은 것. 있을 이유가 없다면 다시 무당산에 돌아가고 싶었다.

　설마 청솔도 황궁 숙수나 됐던 인물이 이런 작은 고민(?) 때문에 도움을 요청했을 것이라곤 상상도 못했을 것이다.

　'이젠 딱히 걱정할 필요도 없고.'

　진양이 일주일이나 머물렀던 건 송직모의 맛있는 음식 때문이기도 했지만, 진미 객점이 다시 자리를 잡기 전까진 무슨 일이 일어날지 몰라 대비했기 때문이다.

　새로운 호위도 고용했고, 자수한 인탈방도 완전히 해체되어 딱히 문제를 끼칠 것도 없다.

듣는바에 의하면 거후는 옥살이를 하던 도중 평소 막 대했던 수하들에게 죽기 직전까지 폭력을 당했다고 한다.

하기야, 방주였던 거후는 그 권위를 이용해 수하를 마구잡이로 이용했을 것이다. 그리고 단전이 박살 나고 일반인보다 못하게 된 그를 보고 평소 원한을 쌓았던 수하들은 복수하는 기분으로 폭력을 가했을 것이다.

그리고 어제 들은 소식인데 거후는 결국 버티지 못하고 옥살이 하던 도중 스스로 목숨을 끊었다고 한다.

얼마 전까지 성도의 어둠 일대를 주름잡던 방주치곤 비참한 최후였다.

그래서 다시 무당으로 되돌아갈 채비를 하던 도중, 일주일 동안 나름 친하게 지냈던 송화가 찾아왔다.

"은공, 이제 다시 되돌아가시는 건가요?"

"응. 그렇지, 뭐. 언제까지 여기에 있을 수 없으니까."

'그리고 조금 불온한 정보를 듣기도 했고.'

성도에서 지내는 동안, 그는 놀고만 있던 건 아니다.

가끔 뒷마당에서 무공 수련도 하고, 또 낮 시간대에 처음 성도 땅을 밟았을 때 만난 개방도에게 찾아가서 요새 무림이 어떻게 돌아가는지 정보를 얻어냈다.

이에 개방도는 이렇게 답했다.

'댁도 무당으로 돌아가시면 알게 되겠지만, 분위기가

심상치 않게 됐수다. 언제 일어날 지는 정확히 모르나 정마대전이 일어날 거니까, 태극권협 양반도 마음 독하게 먹으쇼.'

중소문파라면 모를까, 구파일방은 정마대전에 필히 참전하게 될 것이다. 그렇다면 무룡관의 식구들 역시 전선으로 나갈지도 모르고, 어릴 적부터 함께해 온 그들도 싸우는데 자신만 빠질 수는 없었다.

'날 보낸 이유도 정마대전 때문인가.'

남들보다 성숙하고 현대인의 합리적인 시각과 지식 덕분에 오성이 뛰어난 그가 모를 리가 없었다.

인탈방에 대해 듣고 별로 어려운 일이 아니었다는 걸 깨달은 그는 그제야 청솔이 왜 굳이 멀리 있는 사천까지 자신을 보낸 지 이해할 수 있었다.

다름 아닌 자신을 지키기 위해서.

그 생각에 적잖이 감동한 진양이었다.

'사부님에겐 감사하지만 정마대전을 피할 순 없다.'

권리를 누리려면 의무를 다해야 한다는 말이 있다.

무당은 어릴 적부터 밥을 먹여주고, 잠도 재워주고, 또 글공부도 가르쳐 준 데다가 상승 무공까지 가르쳐 주었다.

만약 자신이 청솔에게 거두어지지 않고 무당에서 자라나지 않았더라면 어찌 됐을지 상상만 해도 끔찍했다.

진양은 비록 성인이 아니지만, 그래도 최대한의 양심을 지킬 생각은 있었다.

"은공. 조금만 계시다가 가시면 안 될까요?"

송화는 가슴에 손을 얹고, 눈을 치켜뜬 채로 글썽이면서 물었다. 아래에서 위를 올려다보는 그녀는 감탄이 절로 나올 정도로 아름다웠다.

보석처럼 맑고 아름답게 빛나는 눈을 보다보면 어떤 남자도 거부하지 못하리라.

하지만 진양은 다르다.

도가무학을 통해 마음을 평정하게 유지할 수 있고, 어떠한 유혹에도 흔들리지 않는 확고한 신념을 가지고 있다.

미인의 부탁이라고 해도 쉽게 흔들리지 않는다.

게다가 객관적으로 생각해도 당연한 판단이다. 아무리 송화가 착한데다가, 최근 친해지긴 했으나 자신에게 있어 더욱 중요한 건 그녀가 아니라 무당이었다.

바깥으로 그 말은 꺼내지 못하지만, 그도 인간이다 보니 얼마 만나지 않은 사람보단 오랫동안 함께 생활한 무룡관의 식구들이 더 소중했다.

"미안."

진양은 미안하다는 얼굴로 송화의 부탁을 거절했다.

만약 이 자리에 다른 남자들, 특히 송직모가 있었더라면 어찌 그렇게 냉혹하냐며 그를 비난했을지도 모른다.

송화의 부탁에는 사람을 끌어들이는 파괴력이 있으니까.

"별수 없죠. 저도 더 이상 부탁하는 건 은공에게 폐가 되는 것 같으니까 억지는 부리지 않을게요."

'참으로 성숙하고 착한 아이야.'

열여섯.

현대로 치자면 아직 고등학교에 입학하지도 않은 아이가 자신의 감정을 자제하고 남을 생각해 준다.

자신처럼 가짜가 아닌, 진짜 오성이 뛰어난 아이였다.

"그럼 부탁 하나 해도 드릴까요?"

"하루만이라도 남아달라는 말은 빼고. 자칫 잘못하면 마음이 약해질 수도 있으니까."

진양이 쓰게 웃으며 먼저 부탁 하나를 제외했다.

그러자 송화가 볼에 바람을 불어넣어 그의 탄탄한 복부를 손가락으로 쿡쿡 찔렀다.

"너무해요. 전 그렇게 어린아이가 아니라고요?"

"하하하, 미안해."

분위기가 좋아지자 진양도 기분 좋게 웃었다.

"그…… 은공께 실례가 될지도 모르지만 괜찮으시다면, 오라버니라고 불러도 될까요?"

송화가 떨리는 목소리로 물었다.

진양은 상당히 놀란 듯 눈을 동그랗게 떴다. 부탁이라고 해서 듣기 곤란한 걸 부탁할 것이라고 생각했는데, 전혀 예상 외였기 때문이었다.

"오라버니라니. 그건 사어(死語)나 다름없는데."

현대에서 그런 말을 썼다간 변태 취급이나 이상한 놈 취급 받기 마련이다. 어떤 경우건 간에 정상은 아니다.

"네? 오라버니가 안 쓰는 호칭인가요?"

송화가 이해가 안 가는 듯 고개를 갸우뚱 기울였다.

오라버니란 말이 현대에선 이젠 더 이상 쓰지 않는 호칭이지만, 지금 시대는 명나라. 예의를 엄하게 여기는 명가뿐만 아니라 농민들에게도 간간히 볼 수 있다.

"으응, 아니야. 그렇게 부르면 나야 좋지."

오빠라 부르라고 할까 했다가, 관두기로 했다. 이왕이면 현대에 있을 적 한번쯤 꿈꿔 본 쓸데없는 환상을 경험하는 것도 나쁘지 않으니까.

"와! 정말인거죠?"

"응. 부탁이라고 할 것 가지야 없을 정도야."

"후후후. 고마워요. 어릴 때부터 오라비가 한 명쯤 있었으면 좋았거든요."

송화가 양손에 깍지를 낀 채로 생긋 웃었다.

"나 역시 마찬가지야. 여동생이 있었으면 했으니까."

그동안 만난 사람들은 대부분 연령이나 배분 상으로 죄다 높아서 편안하지가 않았다. 하지만 송화와 만남으로서 약간의 불만도 해소됐고, 정말로 가족이 생긴 것 같아 기쁘다.

"또 만날 수 있는 거죠?"

"그럼. 그리고 곤란한 일이 있으면 얼마든지 도움을 요청해. 널 위해서라면 어디에 있건 간에 찾아갈 테니까."

"오라버니도 차암……."

비록 피는 이어지지 않았지만, 어느 누구보다도 듬직한 오라비의 말에 송화는 가슴이 살짝 두근거렸다.

콩닥콩닥. 처음 느껴보는 감정에 혼란으로 가득하지만, 그래도 기분은 나쁘지 않은 듯 지금껏 보여 준 웃음 중에서 가장 밝은 웃음을 입가에 그려내며 작별의 인사를 전한다.

"그럼 부디 몸조심하세요, 오라버니. 나중에 시간이 나면 얼마든지 사천에 들리도록 하셔야 돼요?"

"응. 너도 건강해."

*   *   *

사천에서 작은 인연을 만들고, 송직모와 송화 두 부녀에게 배웅을 받으며 다시 무당행에 올랐다.

친해진 지 별로 되지 않아 조금 아쉽긴 하지만, 만남이 있으면 헤어짐도 있는 법. 언젠가 연이 닿는다면 또 만나게 될 것이라 생각하며 아쉬운 마음을 달랬다.

귀여운 여동생이 생긴 것도 좋지만, 송직모의 요리를 더 이상 먹지 못한다는 것도 상당히 아쉬웠다.

청솔이나 진연의 요리도 좋긴 하다. 단순히 제자나 사제로서의 평이 아니라, 객관적으로 봐도 충분히 맛있었다.

그렇지만 송직모는 아무래도 전 황궁 숙수에 오른 만큼 실력이 뛰어났고, 그 맛 또한 각별했다.

'아직 광원도 도착하지 않았는데. 아직 갈 길이 멀구나!'

광원은 사천의 동북부에 위치한 마을. 섬서 서남부로 향하면 나오는 마을로 그가 처음 사천 땅을 밟았을 때 유가상단에 합류했을 때의 마을이다.

원래는 올 때처럼 마차 호위를 통해서 조금이라도 빨리 가려고 했다.

호위를 필요하지 않는 상단이 없던 것은 아니었다. 그러나 다들 방향이 다르거나, 혹은 광원에 볼일이 있어 며칠 머물러야 한다고 하여 합류하지 못했을 뿐이다.

결국 사정이 맞지 않은 그는 마차를 포기하고 별수 없이 제운종을 수련하는 겸 경공을 통해 호북으로 향했다.

이틀이나 지났지만, 아직 광원조차도 거리가 멀다는 생각을 하면 막막했다.

'이럴 땐 현대의 진보된 과학 기술이 얼마나 대단한지 알 수 있네.'

차량부터 시작하여 전철이나 비행기 등은 정말 위대한 발견이고 발명이다.

말을 탄다 하여도 일주일, 아니 한 달이나 걸리는 거리를 고작 하루도 되지 않아 짧은 시간 내에 도착할 수 있으니까.

마음 같아선 그런 발명이라도 하고 싶지만, 전생에 별다른 특기 없이 그저 그런 사람이었던 진양에게 있어 그런 지식 따위 없었다.

"응?"

잡념이 계속되려는 순간, 멀리서 무슨 소리가 들려온다.

그는 호기심에 자기도 모르게 청각에 내공을 주입했다.

무공이 참으로 편한 점이, 단련으로 신체능력 중에서 향상시킬 수 없는 부분 등을 내력을 통해 일시적이지만 증가시킬 수 있다는 점이다.

거리가 상당한 데도 내력을 소모해 집중하면 바로 옆에

서 듣는 것처럼 들을 수 있고, 시력이나 목소리 또한 상승시킬 수 있다. 가끔은 무공이 마법처럼 느껴지기도 했다.

'마찰음?'

챙. 채챙.

무엇과 무엇이 부딪치면서 발생하는 음(音)이다. 소리를 들어보면 그게 금속이란 걸 알 수 있었다.

삭막한 중원 무림에서 금속끼리 부딪치는 마찰음이라면 한 가지 밖에 없다. 누군가가 싸우고 있다는 뜻이다.

'가보자.'

스승도 그렇지만 무당에선 눈앞에 불의(不義)가 벌어지면 외면하지 말라는 가르침이 있다.

비록 협의라 해도, 객관적으로 보면 오지랖이라 할 수 있지만 진양은 원시천존보다 더 존경하는 하늘같은 스승의 말을 무시하지 않는다.

그는 정파인 치곤 조금 협의가 부족하긴 하지만, 그래도 아예 없는 건 아니다. 다만 눈앞에서 불의가 벌어지거나, 혹은 친분이 있는 사람에게 무슨 일이 생기면 바로바로 돕는 편이었다.

처음부터 정체모를 소리를 듣지 않았더라면 그냥 지나쳤겠지만, 들었으니 어떤 상황인지는 확인해야만 했다.

만약 누군가가 산적이나 마두 등 악적에게 습격 받아 위험에 빠졌다면 도와줄 것이며, 그렇지 않는다면 확인만 하고 끼어들 자리가 아니라는 것을 판단하여 모른 척할 생각이었다.

*   *   *

나무가 듬성듬성 자라난 들판에서 두 무리가 서로 마주 보며 경계하고 있다.

한쪽은 죄다 복면으로 얼굴을 가린 수상적인 인물들이었는데, 그 숫자를 헤아리니 정확히 열두 명이었다.

다들 시퍼런 예기가 흐르는 병장기를 든 걸 보면 단순히 도둑질만 하려는 목적은 아닌 것 같아보였다.

그에 반면 대치하고 있는 무리는 살짝 특이했다.

호화로운 마차를 중심으로 세 명이 지면을 밟고 있었는데, 다들 하나같이 빼어낸 미색을 자랑하는 미녀였다.

"그만 포기하고 얌전히 따라와라. 허튼 저항을 하지 않는다면 안전은 보장하겠다."

복면인 중 우두머리 격으로 보이는 인물이 한 걸음 나서서 쇠를 긁는 듯한 섬뜩한 목소리로 말했다.

이에 여인들은 대답하지 않고 그저 경계 서린 눈으로 복면인을 죽일 듯이 노려보았다.

우두머리는 복면에 숨겨진 입을 벌리곤, 쯧. 하고 혀를
찼다.

"아무래도 수하 한둘 잃겠구나. 별수 없지. 목표를 제외
하곤 팔 한둘 정도 베어도 상관없다. 다만 목표에게 상처
를 내는 것은 삼가도록. 얼굴은 더더욱 신경 써야한다."

우두머리의 말에 복면인들이 일제히 고개를 끄덕였다.

두 무리가 대치한 상황을 보자마자, 진양은 지체하지 않
고 곧바로 제운종을 밟아 그들 사이로 몸을 날렸다.

"……!?"

딱히 별다른 예고도 없이 제삼자(三者)의 생각지도 못한
등장에 양쪽 무리에서 당혹스러운 감정이 느껴졌다.

진양은 눈을 게슴츠레 뜬 채로 양쪽을 한 번씩 훑어보다
가, 주저하지 않고 등을 미녀들에게 보이곤 복면인들을 가
만히 노려보았다.

'딱히 고민할 필요는 없었어. 딱 봐도 나쁜 놈들은 저들
인가.'

눈동자는 복면인들을 담았다.

딱히 미녀에게 잘 보이려고 복면인들을 적으로 돌린 것
이 아니다. 그가 강호에 나올 적, 청솔도 그랬지만 진연에
게 특히 아이와 여자, 그리고 노인을 조심하라는 격언을

들었기에 멀리서 잘 지켜보았다.

그 역시 여러 강호의 격언 중에선 사도련이나 마교의 여성들이 색혼공 등을 통해 젊은 무인들에게 정기를 빼앗는다고 하여, 미녀라고 우습게보거나 하지 않았다.

그래서 나름 마음을 가라앉히고 객관적인 시선으로 파악하려고 했는데, 방금 전 광경을 목격하니 이건 뭐 볼 것도 없었다.

애초에 복면을 써서 얼굴을 가린 것 자체가 뭔가 뒤가 구린다는 의미다. 전생이건 현생이건 간에 어떤 시대에서 얼굴을 가리는 의미는 뒤가 켕기니까, 정체가 들키기 싫어서 비밀로 하는 법이었다.

그리고 이러한 사고방식은 대체로 맞는 편이다.

"방해꾼인가. 멍청한 놈, 그냥 피해갔으면 무사했을 텐데. 우리를 목격한 것 자체가 척살이다."

우두머리가 감흥 없는 시선을 담아 중얼거렸다.

그는 턱짓으로 멀뚱멀뚱 서 있는 그를 가리켰고, 복면인 중 둘이 무리에서 떨어져 나가 앞으로 터덜터덜 걸어간다.

"놈을 처리하는 데는 웬만하면 길게 끌지 않는 것이 좋다. 목표의 무공이 제법 된다. 방심은 하지 말도록. 숫자가 뻔히 보이는 데도 끼어든 걸 보면 바보가 아닌 이상 제법 한다는 놈이다."

사천에서 접했던 살수나, 인탈방에 비하면 비교하는 것 자체가 모욕이 될 정도로 머리가 잘 돌아간다. 그러니 절로 경계심도 들었다.

"죽여라."

명령이 내려지자마자 복면인들이 번개같이 몸을 날렸다. 속도만 봐도 최소 이류 수준의 무위는 되어 보인다.

복면인들은 우두머리의 조언대로 진양을 얕보지 않았는지 전력을 다해 초식을 펼쳤다.

단번에 적을 죽이려는 듯, 사혈(死穴)을 노린 매서운 검격이 쐐애액 하고 섬뜩한 파공성을 내며 날아왔다.

진양도 적을 얕보지 않았기 때문에, 이젠 나름 쓸 만할 정도라고 할 수 있는 제운종으로 부드럽게 발걸음을 뻗어 사혈을 노린 부위를 회피했다.

"……!"

복면인이 놀랐는지 유일하게 노출된 눈동자가 확대된다. 좌측에서 덤벼온 이는 전력을 담아 나름 자신이 있었는지, '헉' 하고 헛바람을 들이키는 것도 들렸다.

그는 유연한 몸놀림으로 검로의 범위에서 벗어나 복면인의 흉부를 손바닥으로 후려쳤다.

혹시나 치명상을 입히지 못할까 단연 면장이 아닌 십단금으로 격타했다.

쾅!

분명 손바닥으로 맞았거늘, 둔기에도 맞은 것처럼 꿍음이 터지며 복면인 하나가 일 장 정도 날아가 바닥을 꼴사납게 구른다.

"큭!"

남은 복면인이 인상을 구긴다. 복면 때문에 표정은 알 수 없지만, 복면 전체에 주름이 깊게 파였다.

동료 한 명이 당하자, 복면인은 그 사이에 방해꾼을 무찌르기 위해 전력을 다해 펼쳤던 초식을 회수했다가 재 차례 모든 공력을 집중하여 매서운 찌르기를 날린다.

삼류, 아니 이류만 되도 그 찌르기를 보고 섬뜩했겠지만 진양에겐 별로 위협적인 일격은 아니었다.

그는 왼발로 하체를 지탱하고, 중심으로 삼아 시계 반대 방향으로 깔끔한 회전을 보였다. 회심의 검초가 애꿎은 허공을 가르면서 어이없을 정도로 빗나갔다.

몸을 회전시킨 진양은 무릎을 굽히고, 허리는 쫙 폈다. 양손을 수평으로 세워 깍지를 낀 뒤 검처럼 뾰족한 팔꿈치를 이용해 남은 복면인의 옆구리를 후려쳤다.

"카학!"

복면인이 피를 울컥 토해내며 그 충격을 버티지 못하고 뒤로 날아가 똑같이 지면을 구른다.

"이류. 그리고…… 낭인."

각각 일 초식만으로 이류 수준의 무인을 눈 깜짝할 사이에 처리한 진양이 눈을 가늘게 뜨고 중얼거린다.

생각보다 불청객이 강한 무위를 갖고 있자 미간을 찌푸린 우두머리는 조금 쉰 목소리로 묻는다.

"어떻게 알았지?"

"정말 낭인이었나."

진양이 흐응 하고 콧바람을 내며 답변했다.

"쯧. 그저 추측이었나."

우두머리가 실수했다는 듯 혀를 찼다.

그의 말대로 확신이 아니라 추측에 불과했다.

일단 살수 출신은 아니다. 살수의 무공은 대부분 암습에 특화되어 있어서 표적이 느끼지 못하도록 살의(殺意)를 지우는 특성이 있어 초식에 살기가 적다.

그렇다면 살수는 아니고, 정파나 사파도 아니었다.

정파엔 이렇게 살벌한 검초는 없다. 무공 대부분이 살인이 아닌 하나의 공부법을 기초로 하고 있어서 그런 방식 자체가 없는 편이다.

반면 사파의 무공은 그 반대다. 패도적인 데다가 정확히 사혈을 향하는 검로 등의 실전을 추구하는 것이 많았다.

현대로 치자면 정파는 검도 등 스포츠를 생각하면 좋고

사파는 군대에서 사용될 법한 실전 무술이라 하면 된다.

그렇다고 사파 무공이 딱히 검도처럼 체계가 잡혀 있지 않은 건 아니다. 나름 검법으로서 체계도 있고, 성질만 조금 다를 뿐이지 무공답다.

다만 이 둘과 달리 낭인의 무공 체계는 좀 다르다.

간략하게 요약만 하자면, 정파와 사파의 특성이 섞였다.

정파의 부드러움을 회피로 중심으로 써서 주로 보법에 그 특성을 담았고, 공격의 경우 적을 효과적으로 죽이기 위해서 패도를 섞었다.

그들은 예로부터 서양으로 치자면 아무런 기반이 없는 중세 시대의 용병이다. 살기 위해서 이것저것 잡다한 것만 섞고 효율적인 것만 넣다보니 변(變)의 묘리가 튀어나왔다.

좋게 말하면 장점만 섞였으니 완벽하다고 하지만, 그 안을 들어보면 균형을 맞추지 못해 뒤죽박죽인 잡학이 나온 것이다.

어렸을 적, 청곤에게서 낭인에 대해서 교육을 받을 때는 듣기만 해서 잘 이해가 가지 않았다. 여러 가지를 물어보면 청곤은 '경험하면 자연스레 알게 될 것이다.'라고 답했었다.

그리고 그의 말대로, 경험해 보니 어떤 느낌인지 이해했다. 방금 초식을 교환했던 복면인, 아니 낭인에게선 이도 저도 아닌 느낌의 난잡한 공세가 느껴졌다.

하수들이라면 이 변칙함에 조금 당황했겠지만, 삼류만 넘어도 별로 위협적이지 않다는 것을 알 수 있다.

"흥. 뭐, 어차피 죽일 생각이었으니 상관없다."

우두머리가 짜증이 섞인 목소리로 콧방귀를 꼈다.

"나도 딱히 너희에게 관심은 없다."

등 뒤에 있는 여인들과 친분도 있는 것이 아니니 정말로 관심이 없었다. 정파인으로서는 썩 좋은 마음가짐은 아니나, 솔직히 그에게 특출 난 정의감은 없어서 친분도 없는 사람들을 깊게 신경 써 줄 생각은 없다.

'우두머리 격은 제법 하는구나. 최소 일류는 된다.'

구파일방엔 약관만 되도 절정이 제법 있다.

그러나 그건 구파일방 정도 되는 대문파라서 그렇다.

보통 중소문파만 해도 절정은 고수로서 귀한 취급을 받고, 높은 지위에 앉는 등 대접 자체가 다르다.

즉 강호에서 일류도 나름 높은 편에 속하며 충분히 경계할 대상이라는 뜻이다.

'게다가 다른 어디도 아닌 낭인 출신이다.'

낭인은 칼밥만 먹고 사는 이들이다.

구파일방, 아니 구파일방 뿐만 아니라 정파의 그럭저럭

중규모의 문파에서도 무공을 조금 못한다고 적어도 굶거나 죽지는 않는다.

그렇지만 낭인은 아니다. 그들에게 무위란 생명으로 곧장 이어진다.

실력이 떨어지면 수당이 적을 수밖에 없고, 그렇다면 끼니 챙기기도 힘들다.

게다가 일이 목숨에 곧장 연결된 호위 임무밖에 없어서, 까딱 잘못하면 이승에 안녕을 고하고 염라대왕을 만나게 된다.

그러다 보니 무인으로서 체면 따위는 개의치 않고, 어떠한 상황에서도 살아남기 위해서 수단과 방법을 가리지 않는다.

사도련 또한 이념이나 방식 자체는 비슷한 방식이긴 하지만, 이들도 정파처럼 중소규모의 문파 등이 존재하기 때문에 문파의 제자로서 적당한 수준이라면 적어도 굶어 죽지는 않는다.

쉽게 말하자면 주변 환경의 사정이 더욱 좋지 않다.

낭인의 삶은 그만큼 척박하고 힘들다. 그래서 그들은 정파인이나 사파인과 달리 목적의식이 확고하고, 의지도 대단하여 무공에 대한 공부의 걱정이라기보다는 내일은 어떻게 배를 채울 지부터 고민하며 살아간다.

무인에게 가장 치욕스러운 뇌려타곤도 개의치 않고, 삼류 때부터 실력이 되지 않는데도 살기 위해서 강호에 나가 칼밥으로 먹고 산다.

정파와 사파 등 중소문파가 온실 속에 자라온 화초라면 낭인은 어떤 환경에서도 자랄 수 있는 잡초다.

이러한 연유 때문에라도 낭인은 항상 싸움 속에서 살 수밖에 없고, 실전 경험 또한 셀 수 없을 정도로 많다.

일류 낭인과 일류 정파인이 싸운다면 단연코 일류 낭인이 승리한다. 그게 바로 경험의 차이다.

"오만방자한 놈. 아무래도 제법 명문지파에서 자란 도련님 같은데, 강호가 얼마나 무서운지 가르쳐 주마."

복면인의 우두머리, 아니 낭인대의 머리격인 낭두(浪頭)가 북풍한설보다 춥고 차가운 목소리로 중얼거렸다.

그러자 열두 명에서 열 명으로 줄어든 낭인들이 둘로 나뉘어져 진형을 맞춘다.

낭두를 중심으로 한 다섯 명과, 나머지 다섯 명이다.

두 무리 중 하나는 옆으로 슬금슬금 움직여 세 여인이 혹여나 도망을 치지 않게 도주로를 막았다.

낭두를 포함한 주 전력 무리는 눈에서 살의를 빛내며 진양을 포위했다.

第三章

경국지색(傾國之色)

'죄다 일류.'

오감을 너머 육감(六感)까지 자극하는 살기.

어찌나 강한지 피부에 닭살이 절로 돋을 정도로 찌릿찌릿한 감각이다. 일류 수준의 무인의 다수에게서 이렇게나 집중받기는 처음인지라 기분이 묘했다.

용봉비무대회 때도 다수와 싸우긴 했지만, 그때는 도연홍과 모용중광이 곁에서 도움을 주었다. 게다가 그때 사도련 무사들은 하나하나 일류가 아니라, 이류 정도 수준이었으며 그중엔 삼류도 섞여 있었다.

정예, 게다가 내일 당장 죽을지도 모를 정도로 하루하루가 피와 칼밖에 없는 세상 속에서 살아온 사람들이다.

결코 우습게볼 수 없으며, 긴장을 놓지 않았다.

'게다가 낭두가 명령을 내리고 있긴 하지만, 이들은 그저 의뢰를 받고 돈을 받기 위해서 일시적인 모인 이들. 각각 무공의 특성도 다르겠지.'

안 그래도 정사 가리지 않고 온갖 특성이 들어간 낭인들이다. 그러니 싸우는 동안에도 짧은 순간에 머리를 굴려 하나하나 다른 특성에 생각해서 대응해야 한다.

진양과는 조금 상성이 좋지 않은 상황이었다.

그는 상대를 꼼꼼히 훑어보고, 좋지 않은 습관까지 포착해서 머리를 굴려 싸우는 남자다. 상대가 어떤 점이 약한 건지 파악해서 맞대응하는 전략형의 남자다.

무룡관에서 기재들과 싸우면서 스스로의 본능이나 재능으로는 이길 수 없으니, 보통 무인이 생각할 수 없는 부분을 찾아 허를 찌르는 성향 때문에 이런 투법(鬪法)으로 굳어진 것이다.

즉, 전쟁으로 치자면 그는 최전선에서 병장기를 휘두르며 싸우는 장군이 아니라 뒤에서 상대를 파악하고 그에 맞게 좋은 방법으로 대응하는 방법을 짜내는 군사였다.

굳이 말하자면 '싸우는 군사'였다.

'적극적인 공세를 펼쳐야하나?'

생각이 많으면 좋지만 가끔은 그게 독이 될 때도 있다.

지금이 그랬다. 지식이 많은 것 좋지만, 그러다 보니 여러 방법을 생각하여 이렇게 잠시 고민에 빠져 선택을 하지 못하는 경우였다.

낭두는 그걸 귀신같이 눈치챘는지 그가 대응 방법을 생각하기 전에 소리를 버럭 질렀다.

"쳐라!"

"흐랴아아압!"

남들보다 큰 거한의 낭인이 덩치에 알맞게 제법 큼직한 박도를 들고 첫 공세를 펼친다. 무공에 사파의 영향을 받았는지 그 기세가 제법 상당했다.

"쯧!"

진양은 가볍게 혀를 차곤 목덜미를 노리고 우측 상단에서 곡선을 그려내며 내려오는 도를 향해 십단금을 펼쳤다.

그가 지닌 무공 중에서 공력이 많은 덕분에 정면으로 도를 쳐내면 결코 지지 않는다.

파앙!

생각대로 공력과 공력이 부딪치면서 충격파를 토해 냈다. 머리칼이 그 영향을 받았는지 파도처럼 출렁인다.

"바보 같은 놈! 굳이 정면으로 부딪칠 일은 없거늘!"

낭두가 그를 비웃으면서 옆구리로 파고들었다.

낭인의 입장에선 어쩔 수 없는 순간이 아니라면 정면 승부로 부딪치는 것은 어리석은 행위다. 서로 공격을 부딪칠 경우 단연 공력 대결이 필요하므로, 내력이 소모된다.

쓸데없이 기운을 소비하는 것 보다 차라리 회피해서 내력의 소모를 줄이고 빈틈을 노리는 편이 낫다.

'도발도 능숙하게 잘 응용하는구나. 역시 경험이 많은 낭인다워.'

그러나 그건 어디까지나 일대일 승부에서다.

손발을 적당히 맞춘 다수를 상대할 시엔, 만약 회피할 경우 양쪽에서 적이 대기하여 피할 수 없게 찌른다.

그것도 두 명이나 세 명도 아니고 무려 다섯이다. 접근해서 충분히 서로 엉키지 않게 사방에서 공격할 수 있다.

만약 회피하다간 몸을 움직이기 곤란한 경로에서 대기하여 일부러 유도하듯이 공세를 펼칠 터, 그러다간 상대의 의도에 말려들어 꼼짝도 할 수 없을 것이다.

낭두 본인도 이런 점은 잘 알고 있을 것이다.

그렇지만 일부러 말한 것은 도발을 통해 자존심을 슬슬 긁어 함정에 빠뜨릴 것이다.

말로는 경험 없는 애송이라고 부르며 우습게보고 있지만 실상은 전혀 다르다. 낭두는 전력을 다해서 심략까지 섞어가며 덤벼왔다.

'내가 구파일방이나 다른 정파인이라면 걸려들었겠지.'

명문지파 출신의 무인 중 아직 젊은이들에겐 충분히 통할 만한 우수한 전법이었다.

대부분 이들은 자기 자신에 대한 무공에 자부심이 굉장한 편이다. 그래서 남에게 지적을 받을 땐 무시하거나, 혹은 남들이 알게 모르게 고쳐서 완벽을 추구하려 한다.

전자도 후자도 그다지 좋지 않은 사고방식이다.

전자의 경우엔 자신이 틀리고 있는데도 고칠 생각을 하지 않으며, 후자의 경우엔 가르침을 받을 땐 아주 나쁜 건 아니지만 적과 싸울 땐 상대의 의도에 걸린다.

자부심이 나쁘다는 건 아니다. 스스로 열심히 연공하여 무위를 높이고, 그 결과가 대단하다면 자랑해도 괜찮다.

자신에 대한 확신을 가져도 문제없다.

그러나 자부심 때문에 남의 말을 아예 듣지 않으려면 그건 좀 곤란하다.

사람은 완벽할 수 없는 존재다. 자기도 모르는 사이에 실수를 저지르고 있으면 그걸 고쳐야만 하기에, 남의 말을 어느 정도 들어야했다.

진양 또한 스스로 강한 것을 알고, 무위에도 자신이 있다. 자부심 또한 적당히 갖고 있다.

그렇지만 항상 방심하면 죽는다는 걸 알고, 위험을 깨달아 경계하고 또 경계한다. 남의 의견을 듣고 고칠 점이 있으면 합리적인 생각을 통해 고민하다가 고치는 인간이다.

'조금 머리를 쓴 모양이지만······.'

옆구리를 노리고 직선을 그려내는 검.

정확히 치명상을 노린데다가, 속도도 제법 빠르지만 쾌검의 고수인 모용중광 정도는 아니다.

용봉비무대회에서 모용중광은 단순하게 빠르기만 했을 뿐만 아니라, 그가 회피하는 도주로까지 예상하여 쉴 수 없을 정도로 검격을 쏟아 냈다.

그 폭풍을 버텨 낸 진양에게 낭두의 검격은 제법 하는 것처럼 보이긴 했지만 위험 정도는 아니었다.

진양은 우측으로 살짝 몸을 비틀어 검을 피해 낸다.

"흥!"

그러나 낭두가 예상했다는 듯이 코웃음을 쳤다.

그게 어떤 의미인지 생각을 하기도 전에 우측으로 회피한 자리로 낭두와 견줘도 지지 않을 정도로의 매서운 찌르기가 허공을 꿰뚫고 화살처럼 날아온다.

그를 포위한 낭인 중 하나가 낭두와 입을 맞추지 않았는데도 예상했다는 듯이 진양이 피한 자리를 정확히 노린 것이다.

'날 너무 우습게 보는구나.'

다수로서의 전법은 나쁘진 않다. 그렇지만 낭두는 진양을 아주 조금 과소평가했다.

'오른발을 기둥으로 삼아서…….'

마보로 단련된 대퇴부에 힘을 준다. 그러자 하체 근육이 꿈틀거린다 싶더니 콱 하고 한순간에 수축됐다.

근육에 이어진 신경은 이윽고 다리 전체로 퍼져 둔부, 슬, 하퇴, 발목, 발가락 하나하나 수축되며 힘을 축적한다.

힘이 어찌나 강한지 밟고 있는 지면이 살짝 가라앉을 정도였다.

'뛴다!'

파앙!

대기층이 한 겹, 두 겹, 세 겹 벗겨진다. 빈 허공이 어떤 충격파에 맞은 것도 아닌데 굉음을 터뜨린다.

다리 근육 전체를 스프링처럼 축적했다가, 단번에 힘을 풀자 팽창하면서 도약력이 상승했다.

몸이 가볍게 떠올랐고, 그대로 왼쪽 다리를 아래에서 위로 힘껏 걷어찼다.

"큭!"

까앙!

발끝은 정확히 검면을 후려쳤고, 그 충격의 여파를 버

티지 못한 낭인이 외마디 비명을 흘리며 검을 도중에 놓쳤다.

"무슨……."

낭두가 그 광경을 보고 어이없는 듯 말꼬리를 흐렸다.

권법에 종종 각법(脚法)이 있긴 하다. 그렇지만 그 비중은 그다지 많지 않다. 괜히 권법이라고 불리는 것이 아니다. 있긴 있으나 그저 급할 때 쓰는 수법이라 정식에 속하지 않는 편이 많았다.

그러다 보니 정작 다리를 쓸 수 있는 상황에서 못 쓰는 무인들이 제법 많다. 익숙하지 않기 때문이었다.

그렇지만 진양은 다르다.

그는 태극권도 그렇고 무공을 배우면서 하나하나 놓치지 않고 열심히 단련했다. 각법처럼 사소한 것 하나하나도 결코 빼먹지 않고 똑같이 수련에 넣었다.

무룡관에 입관했을 때부터 느꼈지만 자신에게 무공에 대한 재능은 존재하지 않는다. 항상 무룡관 식구들에게 승리하면서도, 언젠가는 따라잡힐 것이라고 생각했다.

그 위기감 때문에 어떠한 것이라도 나중에 꼭 쓸모가 있으리라고 생각하면서, 수련을 게을리 하지 않았다.

덕분에 그의 각법도 제법 뛰어난 위력을 보일 수 있었다.

"흡!"

진양이 작은 기합을 터뜨리며 허공에서 몸을 틀어 이번에는 오른발을 쭉 뻗었다. 발은 그대로 검을 놓친 낭인의 흉부를 힘껏 걷어 쳤다.

"커헉!"

낭인이 기침을 토해내면서 뒤로 쓰러졌다. 공력을 실은 공격을 받았기 때문인지, 내상을 입은 듯했다.

"대체 뭐 저런……."

눈 깜짝할 사이에 화려하게 날뛰었는지, 낭두를 포함한 낭인들이 살짝 당혹스러워했다.

그는 그 틈을 놓치지 않고 귀신같이 이용하기로 했다.

검을 든 낭인이 실패하면 곧바로 덤벼들 예정이었던 후위의 낭인에게 몸을 날려 십단금을 펼쳤다.

낭인이 뒤늦게 수비세를 취하며 막으려 했지만, 이미 늦었다.

그의 십단금은 이미 팔 성. 충분히 능숙하게 사용할 수 있어 흐름이 자연스러울 뿐 아니라 속도도 자유롭게 조절할 수 있다. 공력만 많이 쓴다면 주먹보다도 충분히 빠른 공격을 낼 수 있다.

검으로 막아 내기도 전에 빈틈을 정확히 파고들어 명치를 정확히 가격했다.

"쿨럭!"

낭인이 피를 울컥 토해 냈다. 토혈 속엔 안에서 십단금에 당해 조각조각 나눠진 내장 조각이 섞여 있었다.

다만 저번과 다르게 십단금에 맞은 낭인이 날라거나 하지는 않았다. 딱히 이 낭인이 강해서가 아니다.

진양이 일부러 위력을 조절해서 날리지 않은 것이다.

그러한 연유는 다음에 찾아올 공격 때문이었다.

"죽어랏!"

맨 처음 공력 싸움에서 져, 약간의 내상을 입은 낭인은 힘들지만 그냥 두었다간 어쩌면 이길 수 없는 진양에게 위험을 느끼고 조금 무리를 하여 박도로 그의 후위에서 패도적인 초식을 펼쳤다.

이에 그는 딱히 피하지도 그렇다고 몸을 돌려 맞받아치지도 않았다. 눈앞에서 내장을 토해 낸 낭인의 멱살을 쥐어잡고 몸을 한 바퀴 회전하여 그대로 위치를 바꾸었다.

푸욱!

"이런 미친!"

박도를 쥔 낭인의 얼굴이 사납게 일그러졌다.

박도가 방금까지 같이 싸운 낭인의 몸을 관통한 것이다.

딱히 친분이 있는 사이는 아니라서 화가 나지는 않았지만, 전력을 다한 일격이 애꿎은 놈에게 쏟아 부은 것에 화가 났다.

"끄아아악!"

아직 죽지 않고 살아 있는 낭인은 흉부에서 느껴지는 끔찍한 고통에 비명을 터뜨렸다.

진양은 손에 잡힌 채 비명을 터뜨리는 낭인의 등을 주먹으로 후려쳐서 밀어버렸다.

"쳇!"

박도를 쥔 낭인이 혀를 차면서 박도에 손을 놓고 얼른 뒤로 빠졌다.

제대로 된 무인이라면 병장기를 목숨처럼 여겨서 놓지 않았겠지만, 낭인 출신은 과연 달랐다.

무인 특유의 자존심보단 자기의 생명을 소중히 여기기에 지체하지 않고 곧바로 후퇴했다.

"음……?"

진양이 작은 침음을 흘리며 고개를 갸웃했다.

박도 낭인뿐만 아니라, 낭두를 포함하여 남은 네 명 모두가 그와 거리를 둔 것이다.

진양은 왼손으로 손바닥을 펼치고 오른손으로는 주먹을 쥔 채 수비세를 취하고 어떤 공격에서라도 반격할 수 있도록 철저한 준비를 풀지 않은 채 남은 네 명의 낭인을 살펴보았다.

"뭐하는 놈이냐."

낭두가 전과 비교할 수 없을 정도로 석상처럼 잔뜩 굳어 서는 나지막이 물었다.

"아까 말투를 보아하니 낭인은 아닐 터. 그렇다고 사파 인도 아닐 텐데."

목표인 미인들에게 반했더라면 도리어 돕지 않고 결과 가 나올 때까지 기다렸을 것이다. 그리고 여러 방법을 동 원해서 전력이 약해진 낭인 무리를 죽이거나, 혹은 몰래 따라가서 미인들을 납치하는 등의 방법을 통해 혼자서 독 차지하려고 했을 것이다.

즉, 진양처럼 오지랖 넓게 중간에 떡 하니 나타나서 구 해 주려고 하지 않는다.

게다가 정작 중요한 목표에게 성욕이 담긴 눈으로 돌아 보지 않는 것이 그 증거다.

"그리고 정파인은 방금 전의 수법 따위는 쓰지 않는다."

박도에 찔려 죽은 낭인이 이미 내장 조각을 토해 낸 순 간, 그는 죽는 것이 결정된 것이나 마찬가지였다.

즉, 시체나 다름없는 사람을 인간 방패로 써먹었으니 그 건 부관참시(剖棺斬屍)라 불러도 전혀 이상할 것 없었다.

사파인이나 낭인이라면 모를까, 정파인은 결코 그러지 않는다.

아무리 위험한 상황이라고 해도 도덕적인 관념에서 벗어난 짓을 하지 않기 때문에 정파인이다.

자고로 무지(無知)보다 공포스러운 것은 없다.

하나도 추측되지 않기 때문에, 낭두를 비롯한 낭인들이 겁을 살짝 먹고 경계하고 있는 것이다.

"무당."

진양은 친절하게 답해 주었다.

"뭔 헛소리냐. 무당이라면 정파인 중에서도 정도에 속하는 도사들. 너처럼 수단과 방법을 가리지 않는 수법을 쓰지 않는다."

낭두가 눈살을 찌푸리며 말도 안 돼는 소리를 하지 말라는 듯이 따졌다.

다른 낭인들도 그 말에 수긍하는지 머리를 끄덕였다.

그러자 정작 장본인이 난감해했다.

'하긴, 나라도 믿지 않겠지.'

그도 웬만하면 잔인한 수법을 쓰지는 않는다. 그러나 생명과 직결된 문제라면 이야기가 좀 다르다.

남들이 욕을 한다고 해도 정파인으로서 조금 벗어난 수법을 쓰곤 했다. 만약 정파인 뿐만 아니라 무인 최대의 수치라는 뇌려타곤도 낭인들처럼 사정하지 않고 쓸 것이며, 인간 방패를 써야 할 상황이라면 적을 이용할 것이다.

확실히 다른 정파인이 보거나 듣는다면 무당의 도사 주제에 무슨 짓이냐며 혀를 차며 비난할 행동이다.

그래도 그건 그거, 이건 이거다.

명예가 중요하지 않다는 건 아니다. 그도 그걸 알기 때문에 웬만하면 살생을 피한다. 청솔의 명도 있지만, 도사가 살생을 마구 저지르고 다닌다면 너무 과하거나 잔인한 건 아니냐며 무당의 명예에 먹칠을 하니까.

그러나 다만 우선순위가 명예보다 목숨이 높을 뿐이다.

그는 무림인이기 전에 현대인이다. 현대인의 그 특유의 합리적인 사고방식이 남아서, 상황에 따라 여러 판단을 내린다.

"딱히 믿지 않아도 상관없다."

진양이 심드렁하게 답했다.

"애초에 네가 싸우는 법을 보면…… 젠장."

낭두가 말을 잇다가 무언가 발견한 듯 미간을 찌푸렸다. 별 볼 일 없는 애송이의 소매에게서 무당의 상징인 태극이 눈동자에 비쳐졌다.

물론 고작 소매에 태극이 있다고 무당의 제자라고 단언할 수는 없다. 적당한 포목점에 가서 무당파라고 박박 우기며 그려달라고 하면 그만이다.

그러나 낭두는 소매의 무늬를 보자마자 불현듯 방금 전

까지 진양과 공수를 교환한 것이 떠올랐다.

그가 보였던 움직임에는 부드러움의 묘리가 언뜻 보였다. 화려한 각법도 그렇고 낭인을 고심하지 않고 익숙한 듯 방패로 쓴 것이 너무 인상적이라서 잘 눈에 띄지는 않았지만, 돌이켜 보면 파괴적인 위력의 장법을 제외하곤 전체적인 움직임이 무당의 것이랑 비슷했다.

게다가 낭두는 실제로도 무당의 제자들과 몇 번 부딪친 적이나 같이 일해본 적이 있어 더더욱 그 움직임을 잘 알고 있었다.

보통 구파일방의 고수들을 보면 깨달음을 하나 얻지 않을까 하고 머릿속에 구겨 넣으니까.

"진짜 무당이었나."

낭두가 이를 뿌드득 갈았다.

"정말이요?"

다른 낭인도 미간을 찌푸리며 물었다. 물론 복면 때문에 보이지는 않았지만 눈썹 부근이 파인 것을 보면 알 수 있었다.

"아아. 아까의 그 장법은 애매하지만 몸의 움직임을 잘 생각해 보면 물 흐르듯이 부드러웠지. 한 초식이 아니라, 전체적으로 그런 느낌이 나는 건 구파일방 중에서도 한 곳밖에 없다."

"쯧. 성가신 놈을 만나긴 했지만 뭔 상관이요? 어차피 우리 얼굴도 모르겠다, 쳐 죽여서 아무도 모른 곳에 묻으면 딱히 상관없소. 그럼 보복을 걱정할 필요도 없지."

"멍청하긴. 방금 공세를 교환하면서 느끼지 못했나? 놈은 일류, 아니 적어도 절정 고수. 우리끼리 싸우려면 시간이 제법 걸리지. 게다가 잊은 모양인데 목표도 절정 고수다. 보아하니 저쪽도 조금씩 애를 먹고 있어."

낭두가 시선을 힐끗 진양의 후방에 있는 원래의 목표를 살펴보았다. 그의 말대로 아까 전에 나눠졌던 다섯은 언제부터인지 목표인 미인 셋과 살벌한 싸움을 하고 있었다.

근데 미인들도 제법 실력이 되는지 일방적으로 밀리지 않고 도리어 조금씩 강세를 보이고 있었다.

"무당의 무공은 강하다. 예전에 직접적으로 보면서 느꼈지. 이번 임무는 실패다."

낭두가 우울한 목소리로 중얼거렸다.

그러곤 다시 진양에게로 시선을 돌렸다.

"거, 믿지 않아 미안하오. 부탁이니 이대로 보내주지 않겠소? 의뢰는 포기하겠으니 한 번쯤 눈감아 주시오."

다시 한 번 말하지만 낭인에게 자존심은 중요하지 않다.

언제든지 상황 상 불리하다면 고민하지 않고 고개를 숙여 용서를 구하며 목숨을 구걸한다.

"허! 헛소리! 그렇다면 그 많은 위약금은 어떻게 지불할 테지?"

낭인은 의뢰를 완수하면 고용주에게 의뢰비를 받는다. 하지만 완수하지 못하고 실패할 경우, 다시 의뢰비를 돌려줘야할 뿐만 아니라 위약금도 붙는다.

위약금은 보통 의뢰비에 두 배이기 때문에, 받은 돈이 많을 경우 위약금은 더더욱 크다. 그래서 실패할 경우에는 전 재산을 내놓아야 할 때도 있다.

그래서 낭인들은 웬만하면 무리를 해서라도 의뢰를 성공하려한다.

게다가 아무래도 이번 의뢰는 제법 많이 받은 모양이었는지, 낭두 옆에 있는 낭인이 반대한 것이다.

"낭인에게 돈은 중요하지. 하지만 그건 어디까지나 두 번째 순위, 첫째로 챙길 것은 목숨이다."

낭두가 감정 변화 없는 목소리로 무덤덤하게 답했다.

"하지만……."

"멍청한 놈, 네가 그러니 아직까지 수준미달이라는 소리를 듣지. 상황 상으로 봐도 의뢰를 완수할 수도 없을뿐더러, 무당의 절정 고수에게 네 명이 덤벼드는 건 미친 짓이다."

낭두가 낭인의 말을 단칼에 잘랐다.

"난 구파일방 출신의 고수와 직접적으로 싸워 본 적이 있어서 얼마나 강한지 알고 있다. 게다가 구파일방 특유의 정서도 가지지 않았고, 우리처럼 수단과 방법을 가리지 않는 괴물과는 싸우고 싶지 않다."

낭두가 본인 앞에서 숨기지 않고 직설적으로 말했다.

덕분에 괴물 취급을 받은 진양은 기분이 묘해졌다.

어째 강하다고 칭찬은 하고 있는 것 같은데, 잘 들어보면 욕으로 느껴지기도 하다.

"이건 정말 별수 없는 일이다. 혼자 죽고 싶으면 네놈 혼자 죽어라. 열 명, 아니 이제 아홉 명 전원이 덤벼도 시원치 않을 놈이다. 어차피 그렇게 싸워도 목표가 도주하는 걸 잡지 못해서 실패하게 돼 있어."

과연 왜 낭두인지 알 수 있을 것 같았다.

상황 판단이 뛰어난데다가, 냉정하게 가망이 없는 걸 파악하고 곧바로 포기했다. 게다가 혹시라도 연대 책임이 되는 건 아닐지 부정을 한 낭인보고 '네가 싸워 봤자 돕지 않겠다.'라고 말하고 있다.

"댁도 들었다시피 우린 싸울 생각은 없소. 부탁이니 넓은 아량으로 용서해 주시오."

"음."

진양이 침음을 흘렸다.

낭두의 부탁은 조금 고민이 됐다.

당연한 이야기지만 지금 이들을 놓아준다면, 분명히 나중에 고용주가 다시 의뢰를 걸어 또 쫓아올지 모른다.

물론 그건 어디까지나 목표다.

진양은 저 여인들과 정말 아무런 관련도 없다.

그저 눈앞에 보여서 도와준 것뿐이다.

그에게 그녀들의 뒤까지 걱정해 줄 의리는 없었다.

"좋다."

진양은 살짝 고민했지만, 결국 낭두의 부탁을 승낙했다.

조금 냉정하게 들릴지는 모르지만, 아직 저 여인들의 정체들도 모른다. 나중에 도움이 될 인물이거나 사실 친분이 있었다하면 모를까 그렇다고 이런 상황에서 한가하게 누구냐고 물어볼 수도 없었다.

낭인이 끝까지 정체를 밝히지 않고, 나중에도 악행을 부릴 만한 인물이었더라면 고민하지 않고 거절했을 것이다.

그렇지만 낭두나 낭인이나 목숨이 위협되기 전에 곧바로 그냥 낭인이라고 정체를 밝혔다.

아마 거짓이 아니라 진실일 것이다.

낭인이 의뢰를 받고 고용주의 명령에 따라 남을 죽이는 건 강호에서 흔한 일이다. 딱히 악행 따위는 아니었다.

조금 과장스럽지만 대자연의 법칙과도 같았다.

예를 들어 호랑이가 배가 고파서 토끼를 죽이는데, 귀여운 토끼를 잡아먹으려 했다는 이유만으로 호랑이를 악이라 규정할 수는 없는 노릇이니 말이다.

"넓은 아량을 베풀어 줘서 고맙소. 보통은 저 여인들의 미모에 홀려서 잘 보이기 위해서라도 용서해 주지 않을 텐데, 역시 무당인지라 보통 무인과는 다르구려."

낭두는 일부러 진양이 혹시라도 갑작스레 기분을 바꾸지 않게 일부러 그의 격을 올려주면서 칭찬했다.

제법 여러 경험을 했는지 처세술도 제법 뛰어났다.

"어이! 후퇴다!"

낭두가 포권을 풀곤 세 명의 미인들과 공세를 교환하던 남은 무리에게 소리를 버럭 질렀다.

그들은 무언가 문제가 됐다는 걸 깨닫고 순순히 그녀들에게서 떨어졌다.

보통 낭인의 무리에선 강하고 경험이 많은 자가 우두머리를 맡는다. 이유는 비교적 간단하다. 그게 조금이라도 살 확률이 많기 때문이다.

그래서인지 그들도 의문은 조금 가졌지만 낭두의 말에 순순히 따라 주었다.

"나를 한 번 살려준 것은 결코 잊지 않겠소. 훗날 기회가 있다면 당신을 찾아가 빚을 갚겠으니, 부디 이름이라도 알려주시지 않겠소?”

“진양.”

“그렇게 선뜻 바로 알려줘도 괜찮겠소?”

혹시 모를 보복을 두려워하지 않냐는 숨은 뜻이 숨겨져 있었다.

“무당에서 패도적인 장법을 쓰는 사람은 나밖에 없으니까. 보복하려고 조사하려면 곧바로 나오지.”

숨기고 싶어도 숨기지 못한다.

십단금을 쓴 것부터가 일단 정체를 공개한다는 의미다.

실제로 십단금을 익힌 사람은 자신 외에는 선극 밖에 없으며, 그 장본인조차도 맞지 않아서 쓰고 있지 않다.

“과연. 그 이름 잊지 않겠소. 이번 의뢰는 결코 받지 않을 테니, 걱정할 필요는 없소. 그럼 나중에 인연이 있기를……..”

그 말을 끝으로 낭두는 낭인대와 함께 모습을 감췄다.

“후우. 성가신 놈들이었어.”

시야 속으로 멀리 사라져가는 그들을 보면서 진양은 땀샘에 송골송골 맺힌 땀방울을 소매로 닦았다.

여태껏 싸워 본 놈들 중에서 제일 성가시면서도 어딘가 모르게 자신과 닮은 이들이었다.

무인으로서 특유의 자존심을 버리고, 목숨 등 중요한 순간이 오면 남들의 이목을 개의치 않고 여러 방법을 추구하는 사람들.

신기한 경험이었다.

"공자, 저희를 도와주셔서 정중하게 인사드립니다."

낭인들에 대해 생각하고 있는 동안, 등 뒤에서 듣는 것만으로도 온몸이 사르르 녹아내릴 정도의 목소리가 고막을 살살 괴롭혔다.

"아뇨, 그보다 어디 다치신 곳은 없……."

그는 등을 돌려 습격을 받은 장본인들에게 안부를 물으려 했다. 하지만 그 말은 어떤 사람을 보자마자 이어지지 못했다. 목소리가 막 성대 너머로 올라오려는 순간 시각을 통해 전해져온 미적 정보에 큰 충격을 먹고 두뇌가 잠시 제 기능을 하지 못했다.

'뭔…….'

처음엔 거리가 제법 있어서 제대로 살펴보지 못했다.

두 번째로는 낭인들에게 정신 팔려서 제대로 신경 쓰지 않았다.

그리고 세 번째는 근접해서 생각의 여유를 갖고 보게 되자 제법 놀랐다.

일단 미모는 멀리서 본 것처럼 상당히 아름다웠다.

비단처럼 곱고 밤보다 어두운 검은 머리칼은 위로 올려

묶어 붉은빛이 감도는 아름다운 보석이 박힌 비녀로 정리했다. 물론 다 올리진 않고, 우측 부근은 제법 남겨서 오른쪽 눈매를 반 즈음 가릴 정도로 내려와 비대칭을 이룬다.

화장은 딱히 하지 않았지만 탐스러워 보이는 두툼한 입술은 연지를 발랐는지 피처럼 붉은색이 아니라 예쁜 선홍빛을 내고 있다.

입술 밑에 점은 묘한 매력을 불러들어 왠지 모르게 색기가 묻어난다.

그 밑에 흰 목덜미로 이어지고, 아래 긴 쇄골 밑에 가슴골은 손을 넣으면 그대로 빠질 것만 같았다.

무엇보다 진양이 잠시 할 말을 잃었던 건, 압도적이라 할 정도로 크기를 자랑하는 흉부였다.

흉기(凶器)라 칭해도 부족하지 않을 정도로의 크기, 진연이나 도연홍도 컸지만 그녀들보다 컸다. 서양인도 아닌데도 저 큼직한 가슴을 보니 침이 절로 꿀꺽 하고 넘어간다.

연령대는 이십 대 후반 정도, 눈 또한 큰 편이고 눈초리 끝은 살짝 치켜 올라가 여유로운 느낌이 묻어나고, 누군가를 유혹하는 것 같다.

원래 가슴이 저렇게 크면 자칫 잘못해서 뚱뚱해 보이기 마련이지만, 빠질 때는 빠지고 나올 때는 나오기 때문에 둔해 보이거나 하지는 않았다.

　신이 내린 몸매하며, 남자를 천성적으로 유혹하는 분위기. 빼어난 미모 등 입이 절로 벌어질 뻔했다.

　두근.

　'으으응?'

　가슴이 콩닥콩닥 조금 빠르게 뛰기 시작했다.

　또다.

　과거, 도연홍을 봤을 때와 같은 느낌이 가슴 깊숙한 곳에서 피어나 스멀스멀 올라왔다.

　진양은 조금 혼란스러웠다.

　아무리 미모가 뛰어난 여성을 본다고 해도 그다지 끌리지 않았다. '미녀네.'라는 감상만으로 끝났다.

　그러나 저 여성은 도연홍처럼 무언가가 달랐다. 말로 형용하기 힘든 느낌이랄까.

　'진정하자.'

　도사가 색욕에 미쳐 날뛰는 건 욕먹을 짓이다.

　게다가 사저가 강호에 나가면 여자를 조심하라고 했으니, 욕망에 넘어가면 아니 된다. 그는 태청강기의 구결을 떠올리며 마음을 다스렸다.

　"소첩(小妾)은 선외루(仙外樓)의 루주(樓主)인 백리선혜(百里仙慧)라 하옵니다."

'선외루?'

루(樓)라 하면 기루(妓樓)를 뜻하는 것이라.

하지만 어쩐지 낯설지 않은 이름이다. 귀에 익숙한 것이 기억 속 어딘가에서 들어본 듯했다.

'어디서 들었더라?'

아예 모르면 모를까, 기억날 듯 말 듯 간이라도 보는 듯 애매하다. 만인이 공감하는 것이 이럴 때 상당히 짜증 난다. 생각이 날 듯 말 듯 하면서도 기억나지 않으니까.

마음에 걸린 그는 태청강기로 가라앉은 마음속을 짧게 들여다보며 억지로 끄집어냈다.

잠시 시야가 멍해지고, 머릿속에 집중하자 기루의 이름이 나올만한 장면을 떠올린다. 그 장면이 하나하나 사진이 되어 파노라마처럼 펼쳐졌다.

그리고 얼마 지나지 않아 그는 가까스로 떠올릴 수 있었다.

'아! 천하제일기루(天下第一妓樓)!'

그는 용봉비무대회 때, 사저들이 없을 적 진성이 몰래 강호에서 경험한 이야기를 떠올렸다.

도사인 주제에 그는 과거에 강호를 유람하면서 의복을 갈아입고 일반인인 척하여, 젊은 혈기를 참지 못하고 기루에 들렸다는 일화를 들려주었다.

예로부터 강호에는 굳이 선계에 가지 않아도, 그 한계를 넘을 정도로의 극락(極樂)을 즐길 수 있는 곳이 있다한다.

그게 바로 선외루였다.

기녀 한 명 한 명이 입이 떡 벌어질 정도로의 눈부신 미녀가 있으며, 또한 여타 기루와 다르게 기녀는 모두 시나 노래를 읊을 줄 알고 있으며 거문고 실력 또한 뛰어나다 한다.

미색은 당연하고, 남자들이 즐길만한 여흥(餘興)에 대한 잡기(雜技)에 능숙하여 선계로 인도한다는 소문이 있을 정도다.

그뿐만 아니라 선외루는 단순히 돈만으로도 갈 수 없는 곳으로도 유명하다. 무림에서 일정한 어느 정도의 명성이 있는 등 자격이 필요하니 정말로 아무나 들릴 수 없는 천하제일의 고급 기루였다.

설사 성욕에 눈이 먼 무림 고수가 힘을 이용하여 난리를 치려해도, 감히 그럴 수가 없다. 선외루는 단순한 기루가 아닌지라 호위 또한 최소 절정이상의 고수라 한다.

'그럼 이 여자가 혹시……'

진양이 눈을 동그랗게 뜨며 놀란 기색을 숨기지 못했다.

"선선미호(仙扇美狐) 백리선혜……."

선계에서 부채질을 자랑하는 아름다운 여우.

현 중원 무림의 여인 중에서 유명한 사람을 꼽으면 백이면 백 나오는 이름 중 하나가 바로 백리선혜다.

과거가 어떤지는 자세히 알려지지 않았지만, 역사가 깊은 선외루의 전대 루주가 어느 날 소녀를 후계자로 삼겠다며 다가왔다.

그 당시에 선외루는 안팎으로 굉장히 시끄러웠다.

선외루는 단순한 기루가 아니다. 루주에 자리에 오르면 남자와 굳이 잠자리 들지 않아도 괜찮으며, 중원 각지에 세워진 선외루의 분점 등을 총괄할 수 있다.

당연히 다음 대 루주에 관심이 갈 수밖에 없고, 개인적으로 루주 자리를 차지하고 싶었던 수많은 기녀들은 혹시 전대 루주의 숨겨진 딸은 아니냐며 비아냥거리면서 경계하기도 하였다.

그렇지만 그 악의는 얼마 뒤 곧바로 사라졌다.

전대 루주가 딱히 압력을 가해서 그런 건 아니었다.

소녀가 너무 뛰어났기 때문이다.

거문고(琴), 장기(棋), 글(書), 그림(畵) 등 선외루의 기녀가 필히 익혀야 할 항목들 모두에 천재적인 재능을 보이며 주위 사람들을 놀라게 했다.

진실인지 거짓인지 모르나 그 실력이 듣기론 황실에서 재주를 선보이는 이들과 비슷하다고 할 정도였다.

무엇보다 어릴 때부터 눈에 띄었던 미색과 빨려들 것 같은 눈동자를 보면 어떤 남자도 버티지 못했으며, 당대 최고의 기녀라 불리며 남자들 사이에 그녀와 하룻밤을 잔다면 천하를 얻는다는 소문이 퍼질 정도였다.

비록 현역에선 물러난 지 제법 되었지만 아직까지도 그녀를 잊지 못해, 기녀를 안으려는 목적이 아니라 백리선혜를 한 번이라도 더 보기 위해서 선외루에 방문한다는 고인(高人)도 있다한다.

어린 시절 짧은 시간 동안 수많은 전설을 넘기며 백리선혜는 루주에 올랐고, 당대 최고의 루주라 칭송을 받으며 지금은 선외루의 기녀들을 가르치면서 시간을 보낸다한다.

그뿐만이 아니다.

만약 백리선혜가 기녀로 끝났다면 이렇게까지 유명하지는 않았을 것이다. 그녀의 진가는 바로 무공이었다.

기녀들이 무공을 배운 것 자체는 별로 이상하지는 않다.

무공은 호위 목적이 아니라, 종종 미용의 목적으로도 쓰임새가 있었다. 무공은 기본적으로 육체의 단련을 중심으로 한다.

여성이 과하지 않게 적당히 단련만 한다면 군살이 빠지는 건 물론이고 몸매를 가꿔준다. 허벅지 근육이 살짝 많아지면 남성과의 교접 행위 때 쾌락 또한 높여준다.

그뿐 만이랴, 운기행공을 꾸준히 하면 몸에 독기 등을 땀으로 배출하기도 한다. 굳이 관리를 하지 않아도 피부는 반들반들하고, 면창(面瘡:여드름)도 흔적조차 남지 않고 모습을 감춘다.

물론 이런 미용 목적 외에도 있다.

바로 암살이다.

원래 기녀는 암살에 안성맞춤인 직업이다.

남자가 가장 경계를 풀 때가 언제일까?

바로 여자를 품에 안고 수면을 취할 때다.

남자는 여자와 밤을 보내고 욕정을 풀면 한없이 무료해지고 지친다.

설사 육체가 지치지 않는다고 해도 정신적으로 크게 마음을 놓게 되고, 기녀로 변장한 암살자는 그 틈을 노려 목표의 생명을 앗아간다.

그러다 보니 살기나 기척을 지우는 특성인 암살무공에 제격이어서 어느 정도 익히는 법이다.

그러나 그 수준은 별로 높지는 않다. 정말로 운이 좋고, 재능이 있을 경우에도 일류에서 끝난다.

이유는 단순하다. 기녀들은 금기서화를 배우는 시간만 해도 벅찰 정도고, 설사 금기서화를 일찍 끝난다고 해도 본업이 있을뿐더러 무공을 제대로 가르쳐줄 사람이 전혀 없기 때문이다.

그러나 백리선혜는 달랐다.

그녀는 구파일방의 여걸들 못지않게 무공에 대해 천부적인 재능이 있었다. 천재라 부르긴 힘들었지만, 그래도 하나를 가르치면 두 개 정도 아는 기재였다.

금기서화 뿐만 아니라 무공에 대한 재능도 탁월하여 구파일방의 대문파 정도나 오를 수 있는 절정에 올랐다.

진양이 양의신공이라는 희대의 신공에 더불어 상식적으로 이해할 수 없는 내공의 양 덕분에 강해 보이지만 사실 초식 등 무위 자체는 아직 절정이니 경지 수준으로 따지자면 같다는 말이었다.

게다가 지닌 무공 자체도 흔히 볼 수 없는 것이다. 별호를 보면 알 수 있다시피 백리선혜는 붉은 깃이 붙은 화려한 부채(煽)를 주무기로 이용하여 선법을 쓴다는데, 과거에 역대 루주부터 내려온 무공인지라 선법치곤 잘 알려져 있다.

'이런 거물을 볼 줄이야.'

멀리서도 눈에 띄는 미색을 보자마자 범상치 않은 인물이란 건 알고 있었다. 그런데 설마 선외루의 그 루주일 줄은 몰랐으니, 조금 기묘한 기분에 휩싸였다.

"호호호. 소첩의 별것 아닌 별호를 대무당의 젊은 고수분께서 알고 계시다니, 영광이군요."

백리선혜가 매력적인 눈웃음을 보이며 옅게 웃었다.

딱히 비꼬는 것이 아니라, 진양을 정말로 대인 취급하듯이 존경과 예의를 담은 것이 느껴진다.

"자, 너희도 얼른 공자께 인사드려야지?"

백리선혜가 힐끗 뒤를 살펴보곤 입을 열었다.

그러자 양옆 나란히 서서 그녀의 뒤에 물러나있던 여인둘이 한 발자국 나서며 머리를 숙인 채로 예의 바르게 인사한다.

"소녀가 공자께 인사드려요. 청실(靑悉)이라 하옵니다."

"마찬가지로 소녀도 공자께 존경을 담아 인사드려요. 홍실(紅悉)이라 기억하시면 됩니다."

루주만큼은 아니지만 청실과 홍실 역시 기녀인지라 그런지 미색이 눈에 띄는 정도였다.

이름은 비슷하지만 자매는 아닌 듯, 외관은 그다지 닮지 않았다.

청실은 쇄골이 살짝 닿을 정도로 가라앉은 단발, 눈초리가 처져 졸려 보이는 눈매, 고사리 같은 손목, 작은 키 등 보면 볼수록 왠지 모르게 편안해지는 느낌이 묻어나는 귀염상의 미인이었다.

홍실은 그에 반면 등허리까지 쭉 뻗은 장발을 앞과 옆을 살짝 남기곤 뒤로 묶은 말꼬리가 떠오르는 머리 모양이었고, 살짝 치켜 올라간 눈초리 덕분에 괄괄하고 기가 세 보이는 느낌이 묻어나는 미인이다.

'허, 이제 보니 습격 받지 않으면 도리어 이상할 정도로의 인원밖에 없구나.'

한 명이 특히 눈에 띄긴 하지만, 다른 둘도 보기 힘든 미인이다. 그는 남자들이 왜 선외루라는 기루에 집착하는지 알 것만 같았다.

그만큼 미색이 눈부실 정도로 상당해서, 이십 대의 육체를 가졌는데도 불구하고 도가무학 덕분에 여타 다른 남자들보다 자제심이 강한 그도 하마터면 입을 쩍 벌리고 멍하니 쳐다볼 뻔했다.

천하의 진양도 그 미색에 반해 살짝 혼란에 빠졌을 정도다. 아마 평범한 남자들이라면 일찍이 이성을 잃고 덤벼들어도 전혀 이상하지 않다.

특히 선외루주 백리선혜는 그야말로 미모만으로 나라를 어질 정도로의 미모(傾國之色)였다.

第四章

기녀동행(妓女同行)

　'태극권협이라. 들어본 적은 있지만 설마 이 정도일 줄
이야⋯⋯.'

　백리선혜는 부드러운 눈길 속에서 사냥감을 노리는 짐
승처럼 매서운 눈빛을 조용히 빛냈다.

　오늘로부터 약 일주일 전, 백리선혜는 타지방 선외루 분
점에서 작은 사고가 나서 직접 찾아가 일을 해결했다.

　그리고 다시 본점으로 복귀하는 도중, 수수께끼의 복면
인들에게서 습격을 당했다.

　한 두 사람이라면 모를까, 하나하나가 최소 일류 이상의
무위를 지닌 이들밖에 없어서 본인을 포함한 청실과 홍실

만으로는 어떻게 할 수가 없었다.

그래서 거의 반 정도 포기하고 있을 때 즈음, 딱 봐도 어린 나이에 정의감만 불타는 애송이가 나타났다.

처음엔 그를 보면서 낭두처럼 미쳤다고 생각했다.

아마 강호에 초출하여 쓸데없는 정의감을 앞세우거나, 혹은 여타 바보 같은 남자들처럼 자신에게 반했을 것이라고 추측했다.

물론 자신의 미색에 반한 바보라도 상관없다. 이길 수는 없겠지만 조금이라도 도주할 틈을 만들어 준다면 백리선혜에게 있어선 아주 좋은 일이다. 가끔은 여성으로서 미모를 이용해야하는 법이다.

하지만 싸움이 일어나고 상황은 크게 바뀌었다.

죽을 목숨이라고 의심하지 않던 제삼자가 우습다는 듯이 복면인 무리를 눈 깜짝할 사이에 제압했다.

그리고 그들이 후퇴하면서 대화를 엿들으며 백리선혜는 눈앞에 애송이, 아니 신진 고수가 용봉비무대회에서 활약을 보인 태극권협이라는 것을 깨달았다.

원래 태극권협이란 진양의 별호는 나름 이름이 알려지긴 했지만, 한 번 들으면 누구나 알 정도는 아니었다.

그런데도 불구하고 진양이라는 이름을 듣자마자 별호를 떠올렸던 연유는 백리선혜, 아니 선외루가 개방 못지않게 정보력이 뛰어나기 때문이다.

옛말에 천하는 남자가 지배하고, 남자는 여자가 지배한다는 말이 있다.

그만큼 남자는 여자 앞에서 마음을 놓는다. 앞서 말했다시피 남자가 가장 약한 모습을 보이는 것은 여자와 잠자리에 들기 전, 혹은 들은 후다.

남자는 여자에게 잘 보이고 싶으며, 자기 자신이 얼마나 대단한지 자랑하는 걸 좋아한다. 그게 평범한 남자다.

그러다 보니 여자 앞에서 쓸데없는 말을 하곤 하는데, 그게 한둘이 아니다보니 어느 순간부터 기녀 자체가 정보원으로의 능력을 갖게 되어 기루는 정보 단체가 됐다.

그중 천외루는 천하제일기루라 불리니, 찾아오는 손님들 또한 신분이 높아 간간히 질이 높은 정보를 얻곤 한다.

양은 개방보다 못하긴 하지만, 그래도 질은 천외루 측이 좀 더 높은 편이었다.

여하튼, 기녀도 하나의 정보 단체로 진화하다 보니 손님에게 들은 정보는 자동으로 루주에게도 전해지는 체계가 잡혀 루주 또한 개방의 방주나 장로처럼 강호무림에 대한 소문이나 정보 등에 밝았다.

용봉비무대회는 한때, 아니 아직까지도 거론되는 유명한 사건이다 보니 그에 대한 정보도 많이 들려왔다. 백리선혜가 태극권협에 대해 아는 것도 이상한 일은 아니었다.

'나조차 싸우기 성가신 이들을 다섯 명이나 여유롭게 싸운 것도 그렇지만, 설마 내 미색에 홀리지 않을 줄은.'

미색이란 의미는 외관 그대로의 의미가 아니다.

백리선혜가 전대 루주에게 전수받은 무공은 금공(禁功)은 아니지만 무림에서 마공(魔功)으로 생각하는 색공(色功)이다.

색공이란, 이성을 유혹하고 홀려서 교접 행위를 통해 정기와 내공을 흡수하여 자신만의 것으로 전환하는 무공이다.

그 효과는 여타 무공들보다 효과를 달리한다. 기본적으로 사람의 정기, 즉 내력을 시전자에게서 가져와 단전에 쌓아서 자신의 것으로 만들기 때문에 내공 증진 등 보통 무인보다 뛰어날 수밖에 없다.

다만 색공은 세간에서 좋지 않은 시선을 받으며 마공 취급을 받는다.

그 연유는 사람의 정신을 강제적으로 홀릴 뿐만 아니라, 정기를 흡수될 경우 그동안 쌓아왔던 내공을 영구적으로 잃을 경우도 있을뿐더러 자칫 잘못했다가 선천지기까지 흡수당해 사망에까지 이르기 때문이다.

남이 수 년, 혹은 수십 년간 쌓아왔던 내력을 단 한순간에 빼앗다보니 마공 취급을 받은 것은 당연했으며 심하면 무공이 아니라 사술(邪術)로 좋지 않은 시선을 받곤 했다.

백리선혜가 전대 루주에게 일인전승(一人傳承)으로 전 수받은 음양색요공(陰陽色妖功) 또한 색공에 포함된다.

그러나 음양색요공은 일반적인 색공과는 다르다.

교접을 통해서 정기까지 흡수하는 것은 일반적인 색공 들과 같지만, 거기까지다.

이성에게서 가져오는 건 어디까지나 정기(精氣) 뿐이지 내공(內功)을 강제적으로 탈취하거나 하지 않는다.

또한 정기를 적절히 조절만 하면 잠들기 직전까지 평소 보다 좀 피곤할 뿐이지, 죽거나 하지는 않는다.

즉, 색공 외에 일반적인 무공과 과정만 조금 다를 뿐이 지 사이하거나 그러지는 않다는 뜻이었다.

그렇다고 색공 본연의 특성까지 사라지는 건 아니다.

정기를 빨아내어 단전에 쌓아 내공으로 전환하는 것 자 체가 일반 호흡법과 달리하기에 증진의 양이나 속도 등이 색공처럼 월등했다.

그 외에도 색공 특유의 유혹 등이나 색기 발산이 있어서 사람의 이성을 마비시키고, 성욕을 발산시키는 효과 또한 남아 있어서 색공의 부류에서 벗어날 수는 없다.

요약하자면 색공이 마공이나 사술로 불리는 단점 등을

보완하여, 색공의 장점만을 내는 일종의 신공이기도 하다.

허나 남에게 피해를 주지 않는다고 해도 음양색요공은 일인전승으로만 비밀리에 전해져 내려온 무공이다.

다음 대 루주 외에는 이 무공에 대해서 알려 줄 수 없는데, 이는 아무래도 세간의 시선이 걸리기 때문이다.

아무리 노력해도 색공의 부류에 속하기 때문에, 남의 정기와 내공을 빼앗는다는 인식 자체는 이미 너무 시간이 많이 흘러 다시 고칠 수는 없다.

게다가 현 세대에 색공을 익힌 사람들은 주로 이성을 잠자리에서 죽을 정도로 정기와 내공을 빨아들이는 마녀(魔女)가 있으니, 차라리 비밀로 하는 것이 나은 편이었다.

어쨌거나, 음양색요공 덕분에 이차 성장을 겪은 남자라면 나이에 상관없이 백리선혜를 보면 자연스레 흘러나오는 분위기나 색기에 심취하여 벗어나지 못한다.

그러나 그는 다른 남자들과 달랐다.

처음엔 입을 살짝 벌리고, 놀란 듯 쳐다보는 시선을 보고 그 역시 음양색요공에 정신을 차리지 못하고 있다고 생각했다.

게다가 당시에 백리선혜는 본점에 복귀하기 위해서 인력이 필요했다. 그래서 비교적 명예를 신경 쓰고, 강한 무공을 지닌 무당파의 정식제자를 보고 잘됐다고 생각하며 약간 색기를 흘려 일부러 유혹했다.

그러나 그건 전혀 통하지 않았다.

원래라면 아무리 무림인이라고 하여도, 그녀가 흘린 색기에 당하면 당분간은 정신을 차리지 못한다.

마치 최면에 걸린 듯이 눈에 초점을 잃고, 한동안 유혹에 빠져나오지 못해 일종의 섭혼술(攝魂術)에 당한 것처럼 변하기 마련이다.

그런데 이 모든 것은 전혀 통하지 않았다.

진양은 처음 조금 주춤하긴 했지만, 금세 제정신을 되찾았다. 그런데 그 처음조차도 유혹에 정말 걸린 건지 의문이다.

백리선혜는 그와 눈동자를 본 순간 동공에 살짝 음욕이 비추긴 했지만 눈 깜짝할 사이에 사라지며 맑고 정직한 분위기를 발견했다.

그래서 혹시 실수라도 한 걸까 하고 다시 유혹했지만, 결과는 감감무소식. 동공은 흔들리지 않고 올곧은 감정이 묻어나고 딱히 유혹에 당한 것 같지도 않았다.

즉, 전혀 통하지 않았다는 건데 백리선혜는 이에 상당히 의아해했다.

물론 음양색요공의 유혹이 절대적이고 무적인 것은 아니다. 만약 그랬다면 이 세상 모든 남자는 물론이고 황제조차 그녀의 발아래에 머리를 숙였을 것이다.

　다만 음양색요공을 통하지 않으려면 성욕을 느낄 수 없는 내시 등 불구여야 하거나, 또는 수련자보다 경지가 한 단계 정도 위여야만 했다.

　'그럼 이 꼬마가 나보다 높다는 걸까?'

　처음에는 약간이지만 반응을 했으니 적어도 불구는 아니다. 그렇다면 후자라는 건데, 아무리 고수라고 해도 딱 봐도 이제 막 약관을 넘은 듯한 애송이가 설마 그렇게나 무위가 뛰어나다는 것은 쉽게 믿기 힘들었다.

　'게다가…… 정말 유혹에 버틴 걸까?'

　의문은 그것 하나가 아니다.

　무위도 무위지만, 그가 정말로 음양색요공의 범위에 벗어난 건지 그녀조차도 헷갈려했다.

　그에게서 가끔씩 가슴을 힐끗힐끗 훔쳐보는 이상야릇한 시선이 느껴졌기에 그렇다.

　물론 그녀 본인도 생각하기에 자신의 흉부는 남자라면 사족을 못할 정도이긴 하지만, 그녀의 매력은 흉부가 아니라 전체에서 흘러나오는 색기와 분위기다.

　음양색요공에 당했으면 한 부위가 아니라 전체를 훑어보기 마련인데 어째서인지 한 부위만 집중적으로 쳐다본다.

쉽게 말하면 유혹에 넘어간 것 치곤 너무 멀쩡하고, 그렇다고 넘어가지 않은 것 치곤 흥부를 쳐다보는 시선이 너무 노골적이니 제대로 판단하기가 힘들었다.

정말 이렇게 애매모호하고 이상한 남자를 만나는 건 어린 시절부터 남들이 겪기 힘든 경험을 산전수전 겪은 백리선혜에게도 낯설었다.

'왠지 모르게 수상하고 이상한 놈이긴 하지만, 이틈을 놓칠 수 없지.'

백리선혜는 웃음 한가득 입에 담고 혜성처럼 등장한 신진 고수의 팔을 남자에게 있어 지상최악흉기라 불리는 풍유(豊裕)의 계곡에 넣어 남자라면 참을 수 없는 목소리로 부탁했다.

"양 공자, 보아하시니 협을 위해서 강호를 유람하고 있는 것 같은데 괜찮으시면 저와 동행하시지 않겠어요?"

"으으음…… 죄송하지만 전 하루라도 빨리 본산에 돌아하기 때문에 그건 좀 힘들 것 같습니다."

"어머, 잘 됐네요. 저희 목적지는 하남(河南)의 성도인 정주(鄭州)에 있거든요. 정주에서 남측으로 쭉 내려가면 무당산이 나와요."

"정주라면…… 제법 돌아가지 않습니까."

진양이 미간을 살짝 좁혔다.

그의 말대로 정주는 하남에서도 중앙을 중심으로 조금 북위로 올라가야 나온다. 원래라면 하산했던 경로를 통해 이대로 동쪽으로 가면 곧바로 무당이 나온다.

정주까지 데려다주면 복귀가 너무 늦는지라, 동행하기엔 너무 부담스럽다.

"물론 저도 염치없게 정주까지 동행해달라는 건 아니에요. 호북에서 약 오 일 거리에 있는 남양(南陽)이라는 곳까지만 데려주시지 않을래요? 보다시피 마차도 있으니, 얻어 타는 값으로 생각하고 부탁드릴게요."

딱히 나쁜 거래는 아니었다.

백리선혜가 아직 누군가의 표적으로 노려지고 있어 제법 귀찮은 일이 많겠지만, 그녀의 말대로 마차를 타면 그가 걸어서 복귀하는 것보단 일찍 도착한다.

"자아, 나쁘지 않을 거래잖아요? 공자님."

'으윽.'

진양이 보기 드물게 얼굴이 잘 익은 과실처럼 시뻘겋게 변색됐다. 팔 사이로 전해지는 푹신하고 물컹한 감각에 정신이 슬그머니 멀어졌다.

그는 백리선혜를 괜히 호위하다가 낭두나 낭인대처럼 모종의 습격 때문에 귀찮은 일에 엮을 것 같아 조금 꺼려져서 단호하게 거절하려 했다.

"후우…… 알겠습니다."

'미치겠네.'

그러나 입에선 이성과 반대되는 발언이 나왔다.

스스로도 이해하기 힘든 결정이다. 전생의 기억을 떠올린 이후 어떠한 경우에도 청솔이나 진연 등이 관련된 일이 아니라면 합리적인 사고방식에 따르지 않았던 건 처음이었다.

＊　　　＊　　　＊

무당산, 조리원.

무당에서 식사를 책임지는 곳, 조리원은 삼백육십오일 하루 내내 바쁘다.

여러 대문파도 그렇듯이, 인원이 많을수록 조리원은 어떠한 기관보다도 쉴 틈도 없을 정도라 힘들다.

현대에서 군대의 취사병을 예를 들어 알 수 있다시피, 조식이나 중식 석식 등 하루에 세 번이나 되는 식사를 적은 인원으로 많은 인원의 배를 책임져야한다.

안 그래도 일반인보다 일어나는 게 이른 무림인들이다. 조리원 소속의 제자들이나 일하는 시녀 등은 거의 새벽 세 시가량에 일어나서 식사를 준비해야 한다.

그뿐만이 아니라 식사를 끝낸 뒤에도 수많은 식기 등을 깨끗이 세척하고 정리해야하니 몸이 열 개라도 부족할 지경이었다.

그래도 다행인 건 무당처럼 대문파는 돈이 없진 않으니 그런 힘든 부분은 예산으로 처리하여 남들보다는 힘이 덜 드는 편이었다.

"후아아아. 이제 좀 살 것 같다."

소미(小米)는 자기 몫의 식기를 마저 정리하곤 이마에 흐르는 땀방울을 소매로 슥슥 닦아냈다.

그녀는 가난한 농가의 여식으로서, 가족 중에서 아버지를 제외하고 유일한 남자인 남동생을 서원(書院)에서 공부시키기 위해 이 년 전에 운 좋게 무당의 사대제자의 시동(侍童)으로 들어왔다.

'무당에 들어와서 정말 다행이야.'

제자의 숫자가 많다 보니 식사를 준비하고 또 설거지까지 하면 힘이 들긴 하지만, 나쁜 편은 아니었다.

일단 중식은 벽곡단으로 처리하는데다가 도가문파다 보니 고기를 먹지 않아 주로 야채나 과일로만 조리하는 편이라서 비교적 간단했다.

그리고 과연 구파일방인 대문파답게 마음 씀씀이도 좋아 급료도 나쁘지 않은 편이었다.

과거에 한 객잔에서 점소이로 일했을 때는 점주가 악덕인지라 급료도 제대로 받지 못하고, 손님들이 둔부를 쓰다듬는 등, 기분 나쁜 성추행을 당했다.

그리고 점소이도 몇 없어서 몸이 열 개, 아니 백 개라도 부족할 정도로 일이 많았고 점주에게 여기저기 부림만 당했다.

그러던 어느 날에 무당에서 일손이 부족해 시동을 모집한다는 공고가 내려왔다.

당시 그 소문을 들은 마을은 정말 난리였다.

일단 들어가기만 하면 자신뿐만 아니라 가족 전체도 먹여 살릴 수 있을 정도로 급여를 받는데다가, 다른 중소문파나 작은 객점에 비해 대우도 잘해 준다.

가난한 농민에게 있어선 천직(天職)이라 칭해도 부족하지 않을 정도인지라, 경쟁률은 단연 독보적이었다.

소미 역시 크게 기대는 하지 않았지만 혹시 하는 마음으로 응모했는데 운 좋게도 성공했다.

"그때는 너무 기뻐서 가족들과 껴안으며 펑펑 울었지……."

과거를 회상하면서 소미는 히죽 웃었다.

"앗! 그러고 보니 이럴 때가 아니지. 얼른 언니께 차 한 잔 끓여다 드려야지!"

소미가 무언가 생각난 듯, 급하게 어디론가 향했다.

"안녕하세요, 소미 언니."

"소미 언니, 조식은 드셨는지요?"

"볼 때마다 어쩌 소미 언니는 그렇게 예뻐……."

"응. 다들 수고했어."

소미는 주변에서 동료 시동의 인사를 대충 대답하곤 종
종걸음으로 자신이 시중을 들며 친해진 언니가 있는 집무
실에 도착했다.

그녀는 옷매무새를 확인하고, 혹시 주방에서 음식물 등
이 묻진 않았는지 꼼꼼히 확인한 뒤에 방문을 두들겼다.

이내 안에서 들어오라는 목소리가 들려오자, 방문을 조
심스레 열었다.

"밥은 맛있게 먹었니?"

문을 열자 명화(名畵)속에서 튀어나왔을 법한 미녀가 소
미를 반겼다. 미녀가 바로 소미가 시중을 들고 있는 사대
제자, 차세대 조리원주 진연이다.

무당의 제자들은 잘 모르지만 시동 등 무당에서 일하는
사용인에게도 항렬과 비슷한 서열 등이 있다.

다만 항렬처럼 먼저 입문한 것으로 따지는 것이 아니라,
시동 같은 경우 누굴 주인으로 모시냐에 다르다.

참고로 소미는 시동 사이에서 제일 높지는 아니지만, 그래도 그럭저럭 상위권에 들어간다. 그래서 소미가 주방에서 나와 집무실로 향하는 도중 여러 시동들이 허리를 숙이며 예의 바르게 인사했다.

소미가 차세대 조리원주인 진연의 시동이기에 그렇다.

조리원은 상위 기관인 예산각의 시동만큼은 아니지만 그래도 조리원은 무당의 식사를 책임지는 곳이며, 일단 공식적으로 무당의 기관 중 하나기에 당연히 높을 수밖에 없었다.

"네! 아가씨도……."

"소미도 차암! 아가씨가 아니라 언니라고 불러 주기로 했잖니?"

진연이 볼을 살짝 부풀리면서 불만을 표했다. 그러자 소미가 앗, 하고 실수했다는 듯이 작게 웃으면서 머리를 긁적였다.

"헤헤! 미안해요. 언니. 그보다 차를 끓여드릴 테니 잠시만 기다려 주세요."

"응. 천천히 하렴."

소미가 생각하기에 진연은 완벽한 사람이었다.

실제로 무당 내 사용인들 사이에서도 선녀라 불릴 만큼 인기가 좋다. 미모도 그렇지만 마음씨 역시 곱고 착해서,

남녀와 나이불문하고 모두 진연을 좋아했다.

사용인이라고 우습게보지 않을뿐더러 사용인들이 불편해하지 않게 하나하나 신경 써주곤 했다. 예전에 일했던 객점의 점주에 비해선 정말 비교하는 것조차도 모욕일 정도다.

"역시 차는 소미가 끓여준 것이 제일 맛있네."

소미가 정성껏 끓인 차를 한 모금 마신 진연이 만족한 듯 화사하게 웃으며 칭찬했다.

"아니에요. 헤헤."

소미는 말로만으로 전혀 아니라는 듯이 말했지만, 짓고 있는 표정은 전혀 아니었다. 굉장히 기쁜 듯 만면에 웃음꽃이 가득 피어있다.

"아니야, 빈말이 아니니까. 그 양이보다 실력이 뛰어나니까 자부심을 가져도 괜찮단다."

원래 차를 끓이는 당번은 항상 진양의 몫이었다. 하지만 이 년 전부터 그가 강호출두다, 혹은 수련에 집중하느라 시간이 없어져서 시동으로 들어온 소미의 몫이 됐다.

"저…… 언니, 실례지만 한 가지 물어봐도 될까요?"

그의 이름을 들은 소미가 무언가 떠오른 듯 최대한 조심스럽게 물었다.

"응? 뭔데? 얼마든지 말하렴."

"저…… 언니께서는 사제인 진양 도련님과 친하시죠?"

"응, 그럼. 어렸을 때부터 잘 지냈는걸."

"그럼 혹시 진양 도련님의 이상형에 대해 알고 계시나요?"

움찔.

진연이 웃는 얼굴 그대로 경직됐다.

그러나 딱히 화가 난 것 같지는 않아 보인다.

"어머, 무슨 일로 그러니?"

"앗, 전 전혀 관심이 없으니 그렇게 노려보지 말아주세요. 제가 아니라 선몽 궁주님의 시동이 물어봐달라고 해서요."

소미가 양손을 황급히 좌우로 흔들며 자초지종을 설명했다.

그녀는 얼마 전에 의단궁의 궁주, 선몽의 시동인 여화에게서 거절하기에 애매한 부탁을 받았다.

무당의 정식 제자들은 잘 모르지만, 아까도 말했다시피 시동 사이에서도 서열이 있다. 그러다 보니 보통 서열이 높은 이들은 나이와 상관없이 낮은 시동에게 과하진 않지만 몇몇 성가신 부탁을 한다.

일이 바쁘다면 거절해도 상관없지만, 만약 여유가 있거나 별로 힘들지 않은 부탁을 거절하거나 무시할 경우 인상이 안 좋게 보여서 시동들 사이에서 욕을 먹는다.

부탁을 거절하기엔 밉보일 것 같아서 꺼림칙하고, 어쩔 수 없이 웬만하면 들어주기로 했다.

"흐응. 그런데 왜 하필 그 부탁이 양이의 이상형이니?"

이야기를 들은 진연은 서열 체계에 딱히 뭐라 하지 않았다.

일단 무당 자체도 누가 먼저 들어오느냐, 또는 직책에 따라 항렬을 중시하는데다가 시동도 시동 간의 사회에 있는 법이고, 나름대로 역사가 있는 관습이다.

물론 관습이 아니고, 악습이며 서열을 이용하여 구타를 행한다거나 과한 요구 등을 내보이면 문제겠지만 그러지 않으니 굳이 관섭할 필요는 없었다.

또한 설사 문제가 있다고 하더라도 문파에 대한 사정을 더 잘 알고 판단력이 있는 장문인이나 장로진이 알아서 나쁜 관습을 고치려 할 것이다.

다만 그녀는 질문이 꽹장히 신경 쓰였다.

'아아. 역시 언니는 청솔 원주님이나 진양 도련님 외에 정말 신경을 쓰지 않는구나.'

소미는 어색하게 웃으려다가 예의에 어긋난다는 생각에 가까스로 참아 냈다.

그녀 곁에서 보필한지 어언 이 년.

소미는 자신이 보필하는 진연에 대해서 청솔이나 진양을 제외하곤 누구보다 더 잘 안다고 자부할 수 있다.

그만큼 진연이 어떤 사람인지, 또 무엇에 관심이 있는지 하나하나 꿰차고 있었다.

어떤 사람인지 설명하자면 제법 많은 설명이 필요하지만, 요약하자면 딱 세 가지다.

첫째, 진양.

둘째, 청솔.

셋째, 요리.

끝이다.

더 꺼내고 싶어도 없다. 과거에 희대의 천재라고 불리긴 했지만 그건 아무래도 상관없는 일이다. 중요한 건 지금이지, 헤어진 연인처럼 주구절절 과거 이야기를 꺼낼 필요는 없었다.

"도련님은 제법 인기가 많거든요. 얼굴도 나름 준수하시고, 키도 훤칠하잖아요? 무공도 굉장하시고 보긴 힘들지만 시동들에게도 잘해 주셔요."

남자가 신장이 큰 것이 인기 요소 중 하나인 것은 과거나 현대나 변하지 않는 불변의 법칙인 모양이다.

진양은 육 척 정도라 아주 크다고 하는 정도는 아니지만 그래도 이 시대 남자들보단 평균은 넘는 편이다.

그는 원래부터 인기가 많은 편이긴 했지만, 용봉비무대회 이후에 명성을 얻은 것도 그렇고 평소 행실도 나쁘지 않은지라 시동이나 시녀들에게는 그야말로 백마 탄 왕자님 같은 분위기를 풍겨서 인기 만점이었다.

게다가 항상 수련동 등에 박혀서 잘 나오지 않으니, 신비로운 분위기까지 더해서 여러모로 무당의 여성들에게 망상의 재료로 쓰이기도 하였다.

"어머, 그랬구나. 우리 양이가 조금 잘나긴 했지. 그렇지만 너무 인기가 좋아도 곤란한데……."

진연은 곤란한 듯 웃으며 뺨에 손바닥을 기댔다.

'언니가 더 인기가 많지만요.'

소미가 속으로 쓰게 웃었다.

확실히 진양이 인기가 많긴 했지만, 진연에 비해선 조족지혈이다. 그와 다르게 그녀는 항상 얼굴을 비추는데다가 여자들도 반할 정도의 미모, 고운 마음씨 등을 합치면 선계에서 내려온 선녀가 아닌 듯싶을 정도의 평을 받으며 광신도가 생길 정도였다.

"좋아, 그래도 소미가 곤란하지 않도록 답해 줄게. 일단 양이의 이상형은 어느 정도 무술을 해야 하단다."

'처음부터 벽이 너무 높네.'

무당의 사용인들은 어디까지나 무술 외의 업무를 하기

위해서 고용됐다. 가끔씩 재능이 있으면 제자로 불려가긴 했지만 그런 경우는 굉장히 드문 편이라서 대부분 무술을 하지 못한다.

참고로 진연이 말하는 무술이란 무공이다.

"그리고 머리가 검어야하고, 길어야 한단다."

"으응?"

소미가 눈을 살짝 가늘어졌다.

"또 무엇보다 중요한 건 커야한단다."

"으으음."

소미가 침음을 흘리며 진연의 한 곳을 뚫어지게 쳐다봤다.

"아, 눈도 웬만하면 비슷한 위치에서 봐야하니까 육 척 정도는 아니어도, 양이와 비슷한 신장이여야 한단다."

"과연⋯⋯."

진연은 이 시대에서 보기 드문 장신의 미녀다.

그게 바로 딱 하나 결점이면 결점이라 할 수 있다.

명나라 시대에서는 남자와 여자의 신장 차이가 현대보다도 더욱 중요하게 여겨진다.

현대와 다르게 명나라 시대는 당연히 남자를 우대하는 사회다.

남자는 부엌에 들어가면 안 되며, 여자는 남편을 하늘같이 모셔야한다는 인식이 뿌리 깊게 들어가 있다.

물론 무림의 경우엔 워낙 여걸들이 많고 자기 주관적인 여성이 많기 때문에 이런 인식이 적긴 하지만, 그런데도 불구하고 키 큰 여성들을 그다지 좋아하지는 않는다.

이유는 단순하다. 남자가 여자보다 작아 보이면 우습고 약해 보이기 때문이다.

일반인들 인식 속에서 남자는 여자보다 항상 우위에 있어야하다보니, 세간을 인식을 신경 쓰는 사람들은 아무래도 진연의 옆에 서 있기를 좋아하지 않았다.

게다가 이 시대 남자들은 진양과 달리 영양의 중요성을 몰라 제대로 맞추지 못하다 보니 타고난 유전자가 아닌 이상 그다지 크지 못했다.

"그리고 부드러우면 괜찮겠지. 항상 상냥하고 웃는 얼굴이면 아마 딱 이라고 생각한단다. 양이는 너무 괄괄하거나 성격이 강한 여자아이는 좋아하지 않는 것 같으니까."

"과연……."

소미의 눈동자에서 의심이 묻어났다.

"저, 언니. 이건 제 개인적인 질문인데 여쭤 봐도 괜찮을까요?"

"응. 얼마든지 물어보렴."

"언니는 좋아하는 남자가 있다면 어떻게 유혹해야 할

것 같아요?"

"글쎄에."

그녀는 말꼬리를 늘며 입술에 검지를 대곤 고개를 갸웃거렸다. 고민할 때 자주 취하는 자세였다.

"너무 노골적으로 의식하게 만들면 안 된다고 생각해. 아마 무의식적으로 인식시켜줘야겠지?"

"예를 들면요?"

"소미야, 이건 어디까지나 예시인데 말이야."

진연답지 않게 조금 진지한 기색을 보였다.

"그 사람이 원하는 이상형 자체를 자기 자신에게 맞게 맞춰 주면 된단다."

"……?"

"내가 그런 건 아니지만, 어디까지나 예를 들어볼게."

진연은 예시라는 말을 유독 몇 번이나 강조했다.

"사람이 무의식일 때는 언제라고 생각하니?"

"그야…… 잠을 자고 있거나, 혹은 아파서 정신이 혼미하거나 기절할 때겠죠?"

"응, 그렇지. 그러나 아프거나 기절할 때는 보는 사람 마음이 아프니까 자고 있을 때라고 치자."

"네."

"그럼 그 사람 귓가에 몇 번이나 속삭이면 된단다. 만약 가슴이 크고, 좋아하는 애보다 나이가 많다면 남자애가 잠을 자는 동안 귓가에 '연상에 가슴이 큰 사람을 보면 왠지 모르게 두근거리고 호감이 생긴다.' 라고 쉴 새 없이 몇 년을 거쳐 중얼거리는 거야."

"……."

소미가 진연의 가슴에서 시선을 떨어뜨리지 못했다.

"물론 깨면 곤란하니까, 남자애가 수련이나 노동을 끝내고 지쳐서 잠들 때를 노리렴. 이 방법은 효과는 확실하지만 조심하고 또 조심해야해. 참고로 같이 수련이나 노동을 하면서, 유혹하면서 은근슬쩍 귀에다가 자신에 대해 속삭여주는 것도 나쁘지 않단다. 알았지?"

"아, 응. 네. 성심성의껏 가르쳐 주셔서 고마워요. 역시 언니밖에 없어요."

"고맙긴, 나도 예쁜 동생이 사랑을 쟁취했으면 좋겠다는 마음으로 말해 준 거니까. 너무 부담스럽게 생각하지 말려무나. 후후후."

진연이 기분 좋은 듯 웃었다.

"저, 언니. 혹시…… 만약에 말인데요. 이건 어디까지나 정말 만약인데요."

"응응."

"말씀하신 취향의 여자, 그러니까 자신과 비슷한 체형

에 특징을 지닌 여자가 접근하면 어떻게 하죠?"

소미가 어느 때보다 진지한 표정으로 물었다.

이에 진연은 '우웅.' 하고 두툼한 입술을 살짝 내밀며 잠시 고민에 빠졌다. 그러곤 웃는 얼굴을 유지하면서도 눈썹 사이를 좁히곤 다시 입을 열었다.

"연적(戀敵)말이지?…… 글쎄, 아무래도 배제하는 편이 제일 낫지 않을까?"

"으으으으음……."

소미가 경지라는 벽 앞에서 최소 오 년 이상은 고민한 무인처럼 침통한 기색으로 침음을 흘렸다.

"그런데, 양이에게 관심이 있다는 여화는 어떤 아이니? 사저로서 조금 궁금해서 그런데 알려주지 않겠니?"

"네? 아, 여화는 머리가 사내처럼 짧고, 가슴은 절벽인데다가 신장도 저보다 훨씬 작은 아이에요! 절대, 절대로! 가슴도 크지 않고, 키도 크지 않고, 긴 머리도 아니니까요!"

소미가 필사적으로 소리쳤다.

"그래? 어머, 그보다 소미야 괜찮니? 안색이 새하얗게 질렸어. 어디 아프니?"

第五章

금의검문(金意劍門)

　백리선혜와 동행한 진양은 마차를 타고 남양으로 향했고, 고삐는 청실과 홍실이 잡았다.

　외관으론 갓 여인이 된 청실이나 홍실에게 맡기기엔 찝찝해서, 마부는 자신이 자처하고 싶었으나 아쉽게도 진양은 마차를 운전할 줄 몰랐다.

　그리고 시간이 갈수록 그는 마차를 끌지 못한 것을 크게 후회하게 됐다.

　"그나저나 공자님께서는 몸이 참으로 튼튼하시네요. 게다가 저랑 이렇게 눈을 마주칠 수 있는 사람은 별로 없는데 키도 훤칠하시고 정말 멋진 남자세요. 후후후."

마차 안은 널찍한 편에 속해서, 여섯 명 정도는 충분히 앉을 수 있는 공간이 확보되어 있다.

그런데도 불구하고 백리선혜는 진양의 곁에 꼭 붙어서 팔짱을 끼곤 큼지막한 가슴을 계속해서 밀어붙이며 유혹했다.

그럴 때마다 진양은 끙끙 하고 미칠 노릇이었다.

그는 나이만 치자면 사십 대. 성욕이 확 줄어들 정도의 나이다. 그러나 그건 정신 나이를 합해서 그렇고 육체 나이는 기력이 펄펄한 이십 대 청년, 아무래도 참기 힘들다.

진양은 가랑이 사이에 물건이 우뚝 솟는 참사를 참기 위해서 속으로 '무량수불.' 하고 도호를 외며 태청강기의 구결을 끊임없이 중얼거렸다.

"저, 루주님. 죄송하지만 조금 덥지 않습니까?"

"어머, 루주라뇨. 너무 그렇게 불편해하실 필요 없어요. 편하게 불러 주세요."

"그럼 백리 소저. 조금 떨어주시면 안 되겠습니까?"

"후후후. 저도 그러고 싶지만 말했다시피 소첩은 몸이 약해 흔들리는 마차 안에서 균형을 잡기가 힘들답니다."

"끙."

진양이 얼굴을 찌푸리며 대놓고 불편한 기색을 내보였다. 물론 백리선혜는 이를 알고도 깔끔히 무시했다.

그도 백리선혜가 터무니없는 거짓말을 하고 있는 것을 알고 있다.

그녀가 정말 기녀라면 마차 안이 힘들지도 모르겠지만, 알다시피 백리선혜는 선선미호라는 별호까지 따라다니는 절정의 무인이다.

당연하지만 마차 안에서 멀미 같은 걸 할 리도 없었고, 애초에 연약하다는 말 자체가 터무니없다.

진양은 그런데도 딱히 백리선혜를 밀치지 못했다.

'미치겠군.'

가만히 앉아서, 태청강기의 구결을 외며 생각해 보니 왜 백리선혜에게 모질지 못한 건지 그도 깨달을 수 있었다.

먼저, 자신은 이렇게 적극적인 여성에게 어떻게 대하야 할지 잘 모른다.

그는 현생에서도 전생에서도 여자와 인연이 없었다.

당연한 말이지만 현대에 있을 적도 동정이었고, 여자와 인연도 없었다.

군대에 있을 적엔 선임이나 후임이 좋은 곳을 데려다준다고 해도 무슨 심보인지 지금까지 지켜온 것이 아깝다며 거절했다.

그래도 무당에서는 전생보다는 좀 나아서 여자와 인연이 있긴 했지만, 이렇게까지 노골적으로 유혹하거나 하지는 않았다.

　요약하자면 백리선혜처럼 이렇게 적극적으로 유혹하는 여자를 어떻게 대해야 할지 몰랐다.

　그리고 둘째.

　사실 전자도 나름대로 이유가 되지만, 후자의 이유가 원인이라 할 수 있었다.

　'끄으응. 너무 오랫동안 하지 않다 보니 난 변태가 된 것인가? 왜 난 가슴만 쳐다보는 거지?'

　그렇다. 방금 생각이 최대의 이유다.

　남들은 백리선혜를 보면 전체를 보거나 얼굴을 본다하는데, 자신은 그것과 상관없이 저 크고 아름다운 가슴만 뚫어지게 쳐다보고 있다.

　백리선혜도 가끔 그 시선을 느끼는지 입가에 미소를 그려내며 그와 마주치면 짓궂게 웃곤 했다.

　"어머, 공자님. 어딜 그렇게 자꾸 보시나요?"

　"크, 크흠! 아닙니다. 그…… 옷 부위에 먼지 같은 것이 묻은 것 같아서요."

　진양이 일부러 헛기침을 하며 얼굴을 붉혔다.

　그 광경을 보며 백리선혜는 속으로 쿡쿡 웃었다.

　'무공은 그리 고강한데, 여자에 대해선 아무것도 모르는구나. 반응이 참 귀여워.'

진양이 무림의 일반적인 사내들과는 전혀 다르다보니, 백리선혜는 그에게서 묘한 매력을 느꼈다.

보통 무림의 사내들은 여자 앞에서 괜히 잘 보이려고 허세를 부려서 자기 자랑을 하거나 혹은 그녀보다 우위에 서려는 경향이 있다.

그러나 진양에게선 그러한 점이 하나도 없었다.

딱히 도사라서 그런 건 아닌 듯싶었다.

백리선혜가 아직 정식으로 루주의 후계가 되기 전, 아직 손님을 받을 적에 신분을 속이고 온 도사도 있었다.

그들도 도사지만 사내로서 본질은 버리지 못해 대부분 비슷했으며, 게다가 기녀를 여자가 아닌 성처리 도구로 생각하여 딱히 부끄럽거나 하는 모습을 보이지 않았다.

'그래, 이 남자 정말 순진해서 그렇구나.'

사내에게서 여자나 사람으로 취급받은 적이 단 한 번도 없었다. 굳이 음양색요공이 아니었는데도 기녀라는 이유만으로 혐오 어린 시선을 받는 건 일상이었다.

설사 잠자리에 들기 전에 사랑스럽다고 하나 싶어도, 다른 장소에서 만나면 모른척하며 싫어하는 기색을 보였다.

그런데 진양은 처음부터 기녀라는 걸 알고도, 전혀 신경쓰지 않고 똑같이 대해 주고 있었다.

백리선혜는 아주 잠시간이지만, 진양의 팔을 껴안고 작

은 즐거움을 느꼈다.

*　　　*　　　*

남양으로 하는 일정은 딱히 문제없었다.

가끔씩 산적이 등장하곤 했지만, 진양이 나서서 무당이라는 이름을 대거나 혹은 본보기로 한 명을 족치면 꽁지 빠지게 도망쳤다.

그래서 호위하는 데는 하나도 힘들지 않았지만, 도리어 백리선혜의 유혹 때문에 힘들었다.

일행은 남양까지 이어진 도로를 타고 약 일주일 정도 지났고, 남양과의 거리까지 약 하루 정도가 남았을 때다.

진양은 한 지역에 도착하자 마부석에 앉은 청실과 홍실에게 잠시 멈춰달라고 하였다.

"무슨 일이신가요?"

청실이 특유의 졸리고 의욕 없는 눈매로 물었다.

마치 잘 가고 있는데 왜 세우냐고 타박하는 것 같은 기분이 든다.

"슬슬 나올 것 같아서죠?"

백리선혜가 예상했다는 어조로 물었다.

"예. 맞습니다."

진양은 그제야 백리선혜 품에서 벗어나 마차 바깥으로 나와 주변을 둘렀다.

도로가 깔려 있지만 인기척이 없고, 주변은 울창한 나무로 가득하다. 남들이 안 보는 지역이고 급습하기에 딱 알맞은 장소다.

청실과 홍실도 그제야 무언가 잘못됐다는 걸 깨달았는지 각자 허리춤에서 검을 뽑아내곤 경계태세를 취했다.

진양은 살짝 사나운 기세를 주위에 내뿜으며 목소리를 높였다.

"알고 있으니 나오는 편이 좋다. 괜히 시간은 끌지 않는 것이 좋으니까."

"……."

공기가 변한다.

방금 전까지 즐겁게 유람하던 여행은 없다. 주변에서 투기로 가득한 기세가 피부 위를 찌릿찌릿 건들이고, 머리카락을 세웠다.

그리고 얼마 지나지 않아 수풀 사이에서 낯선 이방인들이 하나둘씩 나왔다.

저번에 습격했던 복면인, 아니 낭인대와는 다르게 얼굴을 가리지 않은 무인들이었다.

숫자는 약 스물. 하나하나 최소 이류나 일류 정도는 되어 보이는 무위를 지닌 사내들이었다.

"어떻게 알았지?"

연령대가 제법 높은 중년인들 사이에서 청년이 걸어 나왔다. 딱히 준수하거나 잘생기진 않고 무개성적인 남자였지만 표정 하나 만큼은 참혹하게 일그러져 있어 보기가 좋지는 않았다.

"마교도라면 모를까, 남양에 들어가면 대놓고 싸울 수도 없을뿐더러 관군 때문에 큰 소란은 일으키지 못하니까. 그러니 습격하려면 남양에 진입하기 전에 비교적 인적이 드물고 남에게 보여 지기 힘든 장소에서 숨어 있어야겠지."

"흥. 제법 머리를 쓰는 모양이구나."

청년이 코웃음을 쳤다.

"딱 보니 네가 낭인대에게 의뢰하여 소저를 습격한 장본인이구나."

"맞다. 역시 구파일방의 제자라서 그런지 예사롭지 않은 놈이구나."

청년이 머리를 위아래로 흔들어 긍정했다.

'쯧. 귀찮게 됐구나.'

진양이 가볍게 혀를 찼다.

복면으로 얼굴을 가리지 않은 것부터 예상했지만, 정체

를 밝힌다는 건 애초에 살인멸구(殺人滅口)를 각오하고 왔
다는 뜻이다.

즉, 눈앞의 낭인대의 의뢰인으로 보이는 인물은 무당이
라는 이름을 무시하고 사생결단(死生決斷)으로 덤벼오게
될 것. 얼마나 준비했는지 상상만 해도 귀찮아졌다.

"흥! 역시 더러운 기녀답구나. 몸으로 무당의 도사를 홀
려서 이용하다니, 제법 머리를 썼어."

청년이 비릿하게 웃으며 백리선혜를 쳐다봤다. 그의 눈
동자는 음욕(淫慾)으로 거침없이 활활 타올랐다.

면전에서 대놓고 모욕적인 말을 들은 백리선혜는 딱히
반응을 보이지 않았다. 기녀로 일하다가 보면 이런 욕은
질리도록 듣는다.

기녀로서 경험이 적거나, 혹은 정신력 자체가 약하다 보
면 그대로 넘어갔겠지만 아쉽게도 백리선혜는 그렇게 나
약하거나 어린 여자가 아니다.

"괜찮으시다면 입 좀 닫아주셨으면 해요. 교양이 없어
서도 그렇지만, 구역질이 맡아지네요."

"뭐라고?"

그에 반면 청년은 아무래도 도발에 쉽게 걸려드는 모양
이었다.

"그나저나, 당신. 누구길래 저한테 원한을 갖고 덤벼든

거죠? 아니면 그냥 음욕을 참지 못한 건가요?"

백리선혜는 청년이 말을 하기도 전에 얼른 잘라내며 자신이 궁금해하던 점을 물었다.

"뭐, 뭐야? 네 이년! 설마 내가 누군지 모르겠다고 하는 건 아니겠지?"

청년이 화를 참지 못하는 듯 몸을 부르르 떨며 목소리를 높였다.

이에 진양이 아는 사이냐며 의아한 시선을 보냈고, 백리선혜는 고운 눈썹을 살짝 구부리며 생각에 잠겼다.

그러나 약간의 시간이 지났는데도 백리선혜는 딱히 기억이 떠오른 듯한 모습은 보이지 않았고, 결국 청년이 참지 못했는지 핏발을 세우며 소리를 버럭 질렀다.

"본좌는 금의검문(金意劍門)의 호영창(號營倉)이다!"

"금의검문?"

이름을 듣자마자 백리선혜가 아니라 진양이 반응했다.

구파일방 정도는 아니지만 금의검문은 정파에서 나름 명성이 제법 알려진 문파라서 그렇다.

'금의검문이라면 산동(山東) 일대에서 영향력을 떨치는 곳이었지?'

하북, 하남, 안휘가 둘러싸인 산동 역시 정파 세력권인 지역이며 금의검문은 산동에서 주로 활동하는 명실공히

명문지파인 곳이다.

다만 명문이긴 하나, 무림의 문파 사이에서 평가는 그다지 좋지 않다. 그 연유는 금의검문이 유명해진 것은 무위로서가 아니기 때문이었다.

중원에는 금의상단(金意商團)이라는 상단이 있다.

금의상단은 모르는 사람이 없을 정도로 유명한 상단인데, 중원에서 손에 꼽을 정도로의 크고 많은 전장(前場)을 가지고 있어서 그 영향력이 상계 바깥까지 끼친다한다.

그 외에도 교역로(交易路) 등 상로(商路)나 유통로(流通路)를 독점하다시피 대부분의 지분 또한 소유하고 있다.

전장 외에는 딱히 특별한 사업 같은 건 하고 있지 않지만, 이미 존재 자체로만 해도 중원 최고라 할 수 있었다.

그리고 그 금의상단에서 나온 것이 바로 금의검문이다.

금의검문은 개문한지 아직 채 오십 년도 되지 않았다.

그런데도 불구하고 산동은 물론이고 무림 전체까지 그 명성이 알려졌는데, 그 이유는 금의상단이라는 든든한 뒤배경이 있었기 때문이다.

당연한 이야기지만 금의검문은 금의상단 덕분에 많은 돈을 투자하여 재능이 있는 제자들을 데려올 수 있었고, 그 바깥에도 자금력을 통해 남의 문파에서 뛰어난 무인들을 빼어오기도 했다.

또한 직계 제자들에게는 값비싼 영약을 복용시켜 내력을 증진시켰고, 심지어 무공조차도 돈을 이용하여 손실되거나 유명한 무공을 구해 와서 자기 것으로 만들었다.

즉, 처음부터 끝까지 돈으로 쌓아 올린 것.

무학에 대한 공부를 중요시 여기는 무인들에게는 무(武)를 더럽혔다며 비난 받기도 하였고, 남의 문파에서 사람을 빼앗아 오다보니 당연히 시비가 걸릴 수밖에 없다.

금의검문에 대한 일화를 꺼내면 한나절도 부족할 정도로 많아서, 여하튼 굉장히 복잡하고 미묘한 문파였다.

"루주님. 호영창이라 하면 두 달 전에 찾아왔던 그 조루예요."

홍실이 무언가 떠오른 듯 남사스러운 말을 꺼냈다.

"아아, 그 조루?"

백리선혜도 그제야 기억났는지 손바닥을 쳤다.

"네, 그 조루가 맞아요."

청실이 마지막으로 치명타를 날렸다.

"으아아아아! 이 개 같은 년들이!"

조루, 아니 호영창이 시뻘겋게 달아오른 얼굴로 욕설을 내뱉었다. 당장이라도 튀어나올 것 같은 기세였다.

"아는 사이입니까?"

진양이 호영창을 힐끗 쳐다본 뒤에 백리선혜에게 물었

다.

"두 달 전에 선외루에 들렀던 손님 중 하나예요. 성격이 안 좋기로 소문난 난봉꾼이라서 거부하려 했지만, 무려 금자 천 냥을 지불한데다가 금의검문의 문주의 자식인지라 명성도 제법 있어서 별수 없이 받았어요."

"천 냥!"

진양이 헛바람을 들이켜며 경악했다.

금자 십 냥은 한화로 치자면 약 백만 원 정도 된다.

즉, 천 냥이면 한화로 약 일억 원인데 여자와 하룻밤 자는데 무려 그만한 돈을 썼다는 뜻이다. 어떻게 봐도 제정신이 아니다.

"저도 현역에서 은퇴한지 오래돼서 아무 남자와는 자지 않는데, 금액이 금액이다 보니 별수 없이 받았죠. 그 정도면 제 밑의 아이들 가족까지 충분히 챙겨줄 수 있거든요. 다만 천 냥 값은 할 줄 알았는데 그것도 아니었고."

백리선혜가 한숨을 푹 내쉬더니, 진양을 힐끗 하고 쳐다봤다.

'이 남자도 다른 남자들과 똑같은 반응을 보일까?'

보통이라면 같은 여자라도 기녀라거나 혹은 가난한 농가의 자식이 아니라면 대부분은 극하게 혐오한다.

게다가 진양은 무당의 도사. 색욕이나 문란함을 멀리하

라는 법규도 있을 테니 싫으면 싫어했지 좋아하지는 않을 것이라고 생각하는 백리선혜였다.

"기교가 영 좋지 않은 모양이었군요. 아, 조루라고 했죠."

"헤에."

백리선혜가 반응하기도 전, 홍실이 신기한 듯 진양을 물끄러미 쳐다보았다.

청실이나 백리선혜도 조금 놀란 기색을 보였다.

"하! 역시 도사라도 천하의 선선미호 앞에선 한낱 남자에 불과하구나. 그년을 어떻게 해서라도 따먹고 싶어서 안달이 나있어! 놈, 남자로서 부끄럽지도 않느냐!"

호영창이 진양을 비웃었다.

"별로. 그보다는 너야말로 부끄러움 좀 가져라. 천 냥이나 내고 빨리 가서 자존심이 상한 거겠지? 설마 했지만 그런 걸로 앙심을 품는 속 좁은 놈도 있었구나."

진양이 미간을 좁히면서 호영창을 꾸짖듯이 말했다.

'정말 이상한 도사네?'

백리선혜 본인도 이해가 안가는 표정이었다.

하지만 이는 당연한 반응이다. 백리선혜나 주변의 반응처럼 진양이 이상한 것이었다.

그가 이런 반응을 보이는 건 현대의 사고방식 때문이다.

우선, 그가 전생에 있었던 시대는 일단 명나라 시대보다 성적으로 개방되어 있을뿐더러 유교적 사상이 거의 없다시피 해서 그렇다.

대한민국도 그렇고 명나라의 미래인 중국도 그렇지만 지구촌 대부분은 시간이 갈수록 차츰 성적으로 개방됐다.

서양이야 예로부터 성적으로 개방되긴 했지만, 동양 역시 다양한 문화를 보고 느끼다보니 꽉 막혔던 성 관념이 풀리기 시작했다.

또한, 진양이 기녀를 그다지 나쁘다고 생각하지 않은 연유도 존재한다.

바로 합리적이고 객관적인 시각이다.

선선미호의 일화는 나름대로 유명한데다가, 진양은 진성에게서 그녀의 과거에 대해서 제법 듣고 판단했다.

백리선혜는 보호자가 없는 고아였다.

명나라 시대에서 고아, 그것도 여아에게는 살길이 기녀 외에는 별로 없다.

현대의 경우엔 고아라면 고아원에서 데려가 밥을 먹여주고 재워준다. 심지어 사회생활도 할 수 있도록 기초적인 공부도 시켜주고 보호자도 붙는다.

그러나 이 시대의 고아는 그게 전혀 불가능하다.

나라에서 지원을 해 주지 않을뿐더러, 살기가 좋지 않다

보니 대다수 농가 자식들도 자기 가족 먹여 살리기 바쁘다.

그러니 돈 많은 상가 등 가문에 거둬지거나, 혹은 문파의 제자가 되지 않는 이상 살길이 없기 마련이다.

설사 객잔에 숙식을 제공받으며 점소이가 된다고 해도 나이가 들고 성년이 된다면, 강간이 밥 먹듯이 일어나는 이 시대의 남자들에게 여기저기서 성욕의 대상으로 노려지거나 인탈방처럼 윤간당해 어디론가 팔려가는 비참한 최후를 맞이할 수도 있다.

그렇다면 아예 비교적 살 확률이 높은 기녀로 들어가서 나쁘지 않은 기루의 루주를 보호자로 삼아 목숨을 연명하고 배를 채우는 것도 하나의 방법이다.

그리고 알다시피 이 시대에서 여성에 대한 대우는 별로 좋지 않다.

유명한 무가의 여식조차도 대부분은 혼례를 올리고 누군가의 아내로 들어가 안주인 노릇하는 미래가 대다수다.

여자로서 무언가를 이루는 것 자체가 이 시대의 남성들이 별로 좋아하지 않기 때문이었다.

또한, 현대에서는 공부라는 방법을 통해 팔자를 고칠 수 있지만 이 시대에서는 여자가 학문을 공부하여 과거에 붙는 것 자체가 불가능하여 시도조차도 할 수 없다.

그도 백리선혜가 좋지 않은 환경에서 자랐기 때문에, 냉혹한 현실을 생각하고 그다지 나쁘지 않게 생각한 것이다.

만약에 백리선혜가 도리어 주변 환경이 좋은데도 불구하고 남자를 좋아해 이리저리 몸을 헤프게 쓴다면 당연히 싫어했을 것이다.

그 외에도 진양 자신이 백리선혜와 그다지 깊은 관계가 아니라서 그렇다.

만약에 백리선혜와 연인이나 그와 견주는 관계라면 당연히 몸을 판다는 것 자체를 좋아하지 않았을 거고, 또 자신에게 소중한 사람이라 생각하면 고민 끝에 그러한 일은 관두지 않겠냐고 물으며 작지만 인맥을 통해 어떻게 해서든 일을 구해 줬을 것이다.

그녀의 가슴에 대해 묘하게 끌리는 건 부정할 수 없지만, 아직 사람과 사람으로서 관계적으로는 아무것도 아니니 너무 관섭하는 건 툭 까놓고 말해서 오지랖이라고 생각하는 진양이었다.

백리선혜가 정말로 어쩔 수 없이 많은 빚이 있고, 가족 등이 배를 굶어 죽거나 하는 상황에 있었으며 도움을 청한다면 진양도 도왔을 것이다.

그는 눈앞에서 도움을 청하는 사람을 외면하지는 않으니까.

즉, 요약하자면 백리선혜가 이제껏 살아왔던 환경과 인생을 부정하지 않으며 일종의 직업여성이라며 어느 정도 존중해 주는 편이었다.

또한 혼자를 위해서가 아니라, 기루 전체를 생각했으며 심지어 기녀의 가족도 생각해 주는 점이 한몫 더했다.

"이이익! 네 이놈!"

호영창이 이를 뿌드득 갈면서 진양을 죽일 듯이 노려봤다.

"이 빌어먹을 말코 도사 놈, 네놈의 마수에서 내 첩을 데려가 주마!"

호영창이 눈시울을 붉히며 소리를 버럭버럭 질렀다.

"첩은 무슨. 딱히 관계를 갖은 것도 아닌데 말이죠."

청실이 무심한 얼굴로 백리선혜 대신 말했다.

"그러다가 애 상처 입겠다. 그렇지만 솔직히 웃긴 놈이긴 하지. 옷깃에 몸이 닿자마자 그대로 아들을 토해 낸 극조루였으니까. 내 생애 저런 놈은 처음 본다니까."

홍실이 청실 옆에서 수군거렸다. 물론 목소리가 제법 커서 전혀 수군거리는 수준이 아니었다.

그 말에 호영창 뒤에서 호위를 서고 있던 금의검문의 무사들에게서 여기저기 풋 하고 웃음이 터졌다.

"네 이녀어어어어어언!"

호영창이 분노로 이성을 유지하지 못했다.

"허어……."

진양은 어이를 상실한 눈으로 호영창을 쳐다봤다.

그가 보기엔 관계를 맺고 조루여서 앙심을 품었다는 것 자체도 웃긴 일이다. 그런데 그것도 아니고, 옷깃에 닿아 그대로 쏟아내서 앙심을 품었다한다.

남자로서 조금 불쌍하긴 하지만, 그래도 그런 걸 가지고 사람을 죽이려고 하거나 납치한다는 건 과하다.

또한 조루면 어찌 됐건 간에 결국 자기 자신의 신체 문제가 아닌가?

진양의 눈으로는 호영창이 그저 천 냥이라는 금액을 허공으로 날려 애꿎은 곳에다가 화를 내는 것처럼 보였다.

"저 연놈들을 내 앞으로 당장 데려와라!"

호영창이 명하자 무려 스물이나 되는 금의검문의 무사들이 분산하며 일행을 둥글게 둘러쌌다.

"낭인대에게 의뢰를 한 것 자체가 멍청했다. 처음부터 내가 직접 나서야했어."

호영창이 낮게 으르렁거렸다.

그가 아무리 금의검문의 소문주라고 하여도, 세간의 시선을 무시하고 무소불위의 권력을 발휘할 수는 없다.

일단 정파에 속하기에 대놓고 미모가 예쁘다는 이유만

으로 덮치는 등의 방법은 할 수 없다.

그러니 별수 없이 낭인대를 보내서 해결했는데, 보기 좋게 실패했다. 설마 무당의 도사가 끼어 있을지는 몰랐고, 하필이면 고수라서 납치는 실패했다.

자신이 직접 나서지 않았던 건 힘이 부족해서가 아니었다. 금의검문의 무사는 충분히 강하다.

아무리 젊은 고수라고 해도 이렇게나 많은 정예들을 데려왔으니 문제없이 성공할 터이다.

'이번 일만 끝나면 죄다 죽여 버리자.'

소문주다 보니 문파 내에서 행할 수 있는 권한도 넓다. 스무 명 정도는 허락 없이도 데려올 수 있었고, 이에 대해 문책을 당할 이유는 없다.

다만 문제는 자신의 부끄러움 비밀을 알게 됐다.

자존심이 강한데다가 혹시라도 세간에 이 비밀이 알려져 치욕을 겪게 될 것 같아 두려운 호영창은 일이 끝난 뒤에 살인면구를 통해 비밀을 지키기로 마음먹었다.

실력이 아깝긴 하지만, 어쩔 수 없다.

금의검문의 무사들은 대부분 금전으로만 이어진 신뢰여서 그런지 문파에 대한 충성이나 의리 같은 것이 없다.

아마 이 저급한 것들은 술 한 잔 마시면서 안주 거리로 비밀을 자랑스럽게 꺼내며 껄껄 하고 비웃을 것이다.

만약 그게 소문으로 퍼진다면 체면이 말이 아니다.

'고수라고 해도 한 명 한 명이 일류다. 그것도 스무 명이나 되니 결코 버틸 수 없겠지.'

第六章

망외소득(望外所得)

'스물이라. 상황이 좋은 건 아니구나.'

진양은 눈동자를 굴려 금의검문 무사들의 무위를 대충 파악했다.

소문주 호영창이 자신만만해하는 이유도 대충은 알 수 있을 것 같다. 다들 일류라서 하나같이 성가시다.

낭인대 만큼 최악의 경우는 아닌 것 같지만, 숫자가 숫자이다 보니 혼자서 죄다 감당하는 건 상식적으로 무리다.

"얼마 정도 감당할 수 있겠습니까?"

진양이 목을 살짝 돌려 백리선혜에게 물었다.

"네 명에서 다섯은 충분히 괜찮습니다. 청실과 홍실도

일류의 무인이니 그 이상까지도 괜찮을 것 같아요."

청실과 홍실은 외관만으로 보면 무인과 거리가 멀다.

어찌 봐도 기녀로 보이지만, 이래 봬도 일류였다.

선외루는 무인에게 대금이 없으면 비급으로 받기도 한데, 이 비급들은 기녀들이 힘을 키울 수 있는 주춧돌이 되어 주었다.

역대 루주는 기녀 중에서 무에 대한 재능이 있는 아이에게 비급서를 내리고 무공을 가르쳐 줘서 기녀보다는 호위로 쓰곤 했다.

청실과 홍실이 그 경우다.

"그렇다면 다행이군요."

백리선혜가 절정의 무인이란 건 알고 있었지만, 청실과 홍실에 대해선 잘 모르고 있었다. 그래서 두 여인을 지키면서 싸워야하나 걱정했는데 아니라서 안도한 그였다.

"그럼 반 정도 부탁드립니다. 아무래도 세 분께서는 평소 손발을 맞췄으니, 거기에 끼어드는 건 방해가 될 것 같아서요."

"소첩은 상관없으나, 아무리 공자라도 열이나 감당하는 건 힘들지 않을까요?"

"예, 조금 성가시겠네요. 그렇지만 별수 없죠. 그 밖에 방법이 없으니까요. 그럼 할당된 양 부탁드리겠습니다!"

진양이 말과 끝으로 무사들에게 달려들었다.

금의검문 무사는 불행 중 다행인 것이 제대로 된 진법을 펼치지 않았다. 모르는 건지, 아니면 자신만만하여 상대를 얕봐 하지 않는 것인지는 모르겠지만 여하튼 이는 좋은 기회였다. 이 많은 인원이 진법을 사용한다면 더더욱 싸우기가 힘들게 될 테니까.

"하! 구파일방이라고 아주 기고만장하구나!"

금의검문 무사 중 하나가 우습게 보였다고 생각한 듯, 무작정 돌진해 오는 진양을 보고 헛웃음을 내뱉었다.

그러곤 시원하다 할 정도로 멧돼지 같은 기세를 보이며 날아오는 진양을 향해 재빨리 검술을 선보였다.

진양은 그대로 상체를 살짝 숙여 가로로 베어 가르는 검을 가볍게 휙 피해 냈다. 그러곤 그대로 귀신같이 파고들어 금의검문의 무사의 흉부를 향해 일 권을 내질렀다.

"커억!"

우드득하고 갈비뼈가 박살 나는 소리와 함께 무사가 뒤로 그대로 멀찍이 날아간다. 주먹에 담긴 일격이 제법 강했는지라 날아간 거리도 상당했다.

"이 새끼가!"

근처에 있던 금의검문의 무사 둘이 접근해 온다.

진양은 달리는 기세를 멈추지 않고 그대로 지면을 박차고 높이 도약하여, 공중에서 화려하게 반 바퀴 회전해 그대로 금의검문 무사 한 명에게 돌려차기를 선사했다.

빠각!

"꺽!"

무사가 외마디 비명을 흘린다. 발끝에서 느껴지는 감각을 보니 턱 뼈가 부서진 것이 틀림없다.

"이놈!"

바로 뒤에서 달려오던 무사가 화려한 검세를 펼친다.

그 기세가 범과 같아서, 무시하기는 부담스러웠다.

진양은 흠, 하고 침음을 흘리더니 아주 찰나의 순간 어떻게 쳐낼지 고민했다.

하지만 그 고민은 그다지 길지 않았다.

낭인대와 싸우면서 다수와의 대결 중에선 생각이 많은 것이 좋지 않은 습관이란 걸 깨달았다.

고민해서 답이 나오지 않는다면 거의 무의식적으로, 자신을 믿고 몸이 가는 방향으로 움직이는 것이 좋다.

진양이 좌수를 재빠르게 출수한다. 손바닥은 좌측 하단에서 우측 하단으로 날아가며 정확히 무사가 검을 쥔 손목을 후려쳤다.

"아악!"

손목에서 느껴지는 끔찍한 고통에 무사가 비명을 흘렸다.

그는 그대로 몸을 낮게 숙였다. 오른쪽 손바닥으로 바닥을 짚곤 몸을 회전시켜 하단 발차기를 날려 무사의 정강이를 빡 쳐냈다.

'셋.'

찰나라고 할 정도로 짧은 순간에 세 명을 벌써부터 전투 불능으로 만들었다.

한 명은 흉부에 치명타를 먹여 목숨을 빼앗았고, 둘은 각각 턱뼈와 팔, 다리뼈를 박살 냈다.

"쯧."

몸을 낮췄다가 다시 일으킨 진양이 주변을 둘러보고 혀를 찼다.

방금 전까지 자신을 우습게보던 무사들이 경계어린 눈빛으로 자신을 쳐다보며 슬금슬금 느리게 걷는다.

끝까지 숫자만 믿었더라면 방심한 틈을 타서 손쉽게 처리했을 텐데, 그러지 않으니 힘들게 됐다.

무리 중에서 직책이 높아 보이는 무사가 굳은 얼굴로 입을 열었다.

"조심해라. 우리가 숫자가 많긴 하지만 상대는 무당의 고수…… 헉!"

무사가 말을 잇지 못했다. 잇기도 전에 진양이 제운종을 밟아 코앞까지 다가와 묵직한 일 권을 내질러서 그렇다.

무사가 급하게 보법을 밟으며 후퇴하면서, 견제하는 것도 잊지 않고 검을 파바밧 휘둘렀다.

어차피 급하게 날린 초식. 온 신경을 집중하지 않아도 눈으로만 죄다 가볍게 피해낼 수 있다.

진양은 몸을 살짝살짝 움직이는 것만으로 무사의 검을 하나도 빠짐없이 죄다 피해내곤, 십단금을 펼쳤다.

부웅하고 묵직한 파공성을 내며 대기층을 갈기갈기 찢은 손바닥은 무사의 명치를 명쾌할 정도로 정확히 후려쳤다.

"끄악!"

무사가 피에 뒤섞인 내장 조각을 토해내며 절명했다.

'적절한 기회를 이용해서 성가신 놈을 처리하는데 성공했구나.'

진양이 속으로 안도의 한숨을 내쉬었다.

보아하니 방금 전 일격에 죽인 무사는 그를 둘러싼 무리 중에서도 맡은 직책이 높아보였다. 게다가 머리도 제법 굴릴 줄 알아서, 만약 그대로 입을 막지 않았더라면 좋은 판단력을 내려 명령을 내렸을 것이다.

이를 눈치챈 진양은 그 전에 지휘 체계를 망가뜨리려고

우두머리 역할을 하는 무사를 일부러 일격에 죽였다.

"뭔……."

그의 생각대로 지휘 체계에 혼란이 생겼다. 무사들이 죄다 당황스러워하면서 서로간의 눈치를 봤다.

그걸 보고 진양이 조금 아쉬워했다.

'생각대로 딱히 의리나 친분 등과는 관계가 없구나.'

보통의 문파라면 중소규모라고 해도 서로 간에 정이 돈독하여 동료가 당했다며 화를 내기 마련인데, 이들에게는 그런 것이 없었다.

금의검문이 정말로 금전으로부터 시작해서 금전으로 끝나는 관계라 했는데 이정도일 줄은 몰랐다.

솔직히 조금이라도 화를 내어 이성을 잃기를 바랐는데, 그런 효과는 낼 수가 없었다.

진양은 아쉬운 대로 몸을 날렸다.

"이런!"

그래도 실력까진 영 꽝은 아닌지 진양이 움직이자마자 무사들은 다시 재정비하여 수비세를 취했다. 그들은 서로 떨어져 있는 것이 불리하다는 걸 깨달았는지 한 곳에 응집하여 검을 쭉 내밀었다.

"후우우!"

진양이 호흡을 길게 내뱉으며 힘껏 지면을 걷어찼다.

바다 위에 자갈과 함께 쌓인 모래더미가 그의 발차기에 맞고 그대로 구름을 만들어 내 정면을 향해 쏟아졌다.

"이, 이런 비겁한 놈!"

금의검문 무사들이 죄다 황당하다는 반응을 보였다.

정파, 그것도 도사나 되는 인간이 설마 모래를 얼굴을 향해 던지는 비겁한 수법을 쓸 줄 몰랐다는 모습이었다.

그러나 진양은 딱히 어떠한 반응도 보이지 않았고, 한쪽 소매로 입과 코를 틀어막고 반대쪽 손으로는 약 칠 할의 공력을 쏟아 부은 장풍을 날렸다.

"우와아아아악!"

"으아악!"

밀집해 있던 여섯 명의 무사들이 장풍을 피하려고 사방 팔방으로 분산했다.

"이런! 놈의 노림수다!"

여섯 명 중에서 경험이 제법 있어 보이는 중년이 아차, 하고 급히 외쳤지만 이미 늦다.

진양은 눈을 가늘게 뜨고 다시 일 권을 내지른다. 마치 창이라도 내지르듯, 재빠르고 날카로운 일격이 공기층을 갈라 둘로 나뉜다.

"콜록!"

먼지를 들이 마쉬었던 무사는 갑자기 사나운 기세와 함

께 들어오는 일 권을 직감적으로 느꼈다.

이에 몸 안에 있는 내력을 죄다 쏟아 부은 보법으로 뒤로 황급히 물러났다. 그 거리가 제법 되어서 진양이 지른 주먹은 충분히 피할 수 있어 보였다.

"됐…… 커헉!"

무사가 두 눈을 부릅뜨며 피를 토해 냈다. 축소된 동공에는 의아한 감정이 묻어났다.

'어째서?'

주먹에 닿기 전에 전력을 다해 회피하여 거리를 벌렸다. 시각적으로도 문제없었고, 딱히 주먹에 스친 느낌도 나지 않았다. 그런데 내장이 엉망진창이 되어 버렸다.

단순히 공력을 황급히 써서 생긴 주화입마도 아니다. 그렇다고 권풍(拳風)을 맞은 것도 아니었다. 권풍에 맞았더라면 내상이 아니라, 물리적인 힘에 의한 외상을 당하는 것이 맞다.

"대체 뭔……."

무사는 억울한 얼굴로 뒤로 쓰러졌다. 죽기 전에 의문이라도 풀고 싶다는 표정이었다.

허나 그 수수께끼의 일격을 날린 장본인 또한 어리둥절한 모습을 보였다.

'방금 그건 뭐였지?'

원래는 먼지구름으로 시야가 가려진 사이 재빠르게 접근해서 발경을 날리려했다. 그러나 무사가 눈치 빠르게 보법을 통해 쾌속으로 후퇴했고, 거리가 되지 않아 그 일격은 보기 좋게 실패할 것이라 생각했다.

다만, 그 순간에 또 다른 한 가지 생각을 했다.

금의검문 무사가 뒤로 몸을 빼는 순간, 그는 주먹에 응축된 발경을 어떻게 해서든 맞추고 싶다는 생각을 했다.

길이가 좀 더 길었으면, 거리가 좀 더 가까웠으면 이라는 일념 하나에 집중했다.

거의 무의식이나 다름없는 그 수많은 생각 때문인지 진양에게서 변화가 찾아왔다.

'마치 검 끝으로 공력을 집중하듯 발경이 위치를 바꿔서 나아갔다.'

왠지 모르게 그 순간 심검의 깨달음으로 십단금을 창안한 공검이 생각해냈다. 마치 자신이 공검이 된 듯, 좀만 더 길었으면 하는 생각으로 십단금의 구결을 떠올렸다.

그러자 정말로 검을 쥔 듯, 축경에서 발경으로 쏘아낸 순간 주먹 끝이 아니라 검 한 자루 정도의 길이에서 시작되어 적을 격타했다.

'혹시 이건……?'

진양이 무언가 깨달은 듯, 입술을 굳게 다물고 몸을 휘

리릭 회전해 뒤를 돌아보았다.

육감대로 후방에서 얼굴을 악귀처럼 일그러뜨린 금의검문 무사가 화려한 검세를 펼치려한다.

진양은 좌측 다리를 기둥으로 삼아 지면을 밟고 하체를 고정했다. 그러곤 방금 전의 느낌과 같이 힘껏 일 권을 내질렀다.

파앙!

"크악!"

접근해 오던 금의검문 무사가 비명을 내지르며 피를 토해내 앞으로 고꾸라졌다. 넘어지면서 머리를 땅에 심하게 박았는지 그대로 두개골이 깨진 듯했다.

"허억!"

"뭐, 뭐 저런 무공이!"

네 명밖에 남지 않은 금의검문 무사들이 질린 기색을 보였다.

권풍이나 장풍 등 기를 단순히 발출하는 것이라면 대충 느낄 수 있어 피할 수도 있다. 그런데 방금 전 수법은 먼 거리에서 그저 주먹을 내질렀을 뿐인데 느끼지도, 보이지도 않는 하나의 경에 맞아 내상을 입었다.

보기만 해도 섬뜩해지는 수법이었다.

'촌경(寸勁)? 아니, 이런 경우에는 장경(長勁)인가.'

발경에는 수많은 응용법이 있고, 종류도 여러 가지다.

발경을 쏘아내기 전, 일점에 쌓아두고 응축하는 걸 축경(畜勁)이라 하고, 무극권의 원리 중 하나이며 적의 초식을 도중에 강제적으로 끊는 것이 단경(斷勁)이다.

발경을 쏘아내 적의 내부 등 장기를 검으로 벤 것처럼 쪼개는 십단금의 묘리는 분경(分勁)이다.

그리고 방금 그가 떠올린 촌경이란 주먹을 내지른 뒤에 접촉하지 않아도 손가락 마디 정도 되는 길이 바깥에서 공력이 쏘아지는 발경의 일종이다.

'생각지도 못한 소득이다.'

진양은 기분이 좋았는지 입가에 미소를 가득 채웠다.

공검 진인.

무당의 역사 속에서는 그다지 좋은 평가는 받지 못한다.

하지만 그가 창안한 십단금 덕분에 장경이라는 새로운 발경의 응용법을 발견하게 됐으니, 고마울 따름이었다.

'좋아! 그럼 신기술을 마음껏 쏟아내 볼까!'

진양이 자신만만한 얼굴로 몸을 날렸다.

그러자 네 명밖에 남지 않은 무사 넷이 힉, 하고 겁을 먹었다. 하기야, 방금 전까지 열 명이 덤볐는데도 불구하고 화려한 기세로 적을 무찌른 진양을 보면 싸울 의지를 잃는 것도 이상한 것이 아니다.

전차 레일을 타듯, 정해진 경로로 흔들림 하나 없이 쭉 나아간 그는 일 권을 내질렀다.

거리는 제법 있었지만, 장경을 사용한 덕분에 그 길이는 아슬아슬하게 금의검문 무사의 복부를 후려쳐 내상을 입혔다.

"끄흐흑!"

"안 돼! 놈이 움직이지 못하도록 얼른 죽여 버려!"

세 명 중 한 명이 창백한 얼굴로 진양에게 덤벼들었다. 그의 말에 다른 둘도 뒤를 따라서 검초를 퍼붓는다.

진양은 유려한 움직임으로 손을 출수하여, 정면에서 덤벼드는 무사의 손목을 쳐냈다.

"윽!"

외마디 비명을 흘리며 균형을 잃는 무사.

이에 진양은 양손은 깍지를 끼고, 팔을 앞으로 내세워 수평을 세웠다. 그러곤 그대로 몸을 비틀어 팔꿈치로 명치 부근을 정확히 가격했다

"컥!"

무사가 떨어져 나간다.

그러나 공세는 아직 둘이나 남았고, 그 거리도 가깝다. 금의검문 무사들은 찝찝한 기색이었지만 사활이 걸린 문제라서 그런지 떨어져 나간 무사가 찔려도 상관없다는 듯

오직 진양을 향해서 검을 내지른다.

"후웁!"

숨을 크게 들이쉬었다가 내쉰다.

곧바로 양손바닥을 정면을 향해 힘껏 내지른다. 응축된 공력이 바람으로 변하고, 이윽고 장풍이 대포알처럼 쏘아져나가 좌측과 우측에서 날아오는 무사들을 쳐냈다.

"아아악!"

"뭐, 뭐 이런 공력이!"

두 명의 무사가 비명을 지르며 뒤로 물러난다.

장풍이나 권풍 등이 막기가 어려운 건 아니다.

무인들은 일반인보다 육감이 잘 발달되어 있어서 본능에 맡겨 피하는 것도 나쁘지 않다. 다만 이들은 공세를 펼치는 중이라 도중에 초식을 끊고 돌아가기엔 이미 늦었다.

다른 방법은 내력을 끌어올려 공력 싸움으로 버텨내는 것인데, 알다시피 진양은 내공무적이라 칭해도 부족하지 않을 정도로 대해와 같은 공력을 지니고 있다.

이들이 막아낼 리 없었으며, 결국 장풍을 버텨 내지 못하고 뒤로 멀찍이 날아갔다.

이후 진양은 양팔을 휘저어 뒤로 밀어버린 뒤, 제운종을 밟아 구름을 걷듯이 가벼운 몸놀림으로 날아간 두 무사에게 접근해 각각 권과 장을 먹였다.

"크아악!"

"퀵!"

최초에 덤벼들었던 열 명은 결국 싸움 끝에 진양에게 별다른 상처도 주지 못하고 하나도 남김없이 쓰러졌다.

반절은 사망하였으며, 살아남았다 하여도 뼈와 근육이 상하거나 혹은 내상에 주화입마를 입어 도저히 움직일 수 없는 상태였다.

'웬만하면 싸우고 싶지 않은데 괜히 무림이 아니구나. 하루가 멀다 하고 쌈박질만 하는 것 같아.'

입가에 절로 씁쓸한 웃음이 맺힌다.

거세게 움직이면서 옷에 묻은 먼지를 툭툭 털어 낸 그는 몸을 돌려서 최초 스무 명에서 반절이 덤벼든 백리선혜 일행에게로 눈을 돌렸다.

*   *   *

"무, 무슨! 기녀 주제에 뭐 이리 강하더냐!"

금의검문 무사가 기겁하면서 뒤로 물러났다.

그의 두 눈앞에는 청실과 홍실이 거칠게 숨을 고르면서 검을 쥔 채 섬뜩한 살기를 뿜어내고 있었다.

싸움이 시작된 직후, 열 명은 의기양양하며 세 여인에게 덤벼들었다. 분명 그때까지만 해도 지지 않는다는 확신이 있었다.

백리선혜가 절정으로 알려졌으나, 기본적으로 이 시대의 남자들은 연륜을 자랑하는 중년이나 노인이 아닌 이상 경험이 적어 여자를 우습게 보는 경향이 있다.

설사 동위나 혹은 경지가 높더라도 그렇게까지 강하지 않을 것이라며, 그저 소문이 과장된 것이라고 생각했다.

그러나 그게 얼마나 안일한 생각이었는지 깨달은 동시에 후회감이 물 밀려오듯이 밀려왔다.

강호의 평가대로 백리선혜는 절정의 무인, 그것도 이제막 절정에 오른 것이 아니라 상당히 오래된 듯 초절정과 비스름한 무위를 보여주었다.

백리선혜가 철로 이루어진 부채를 한 번 휘두를 때마다 기가 칼날이 되었고, 칼날은 모여 폭풍을 만들어 아예 접근조차 못하도록 장거리에서 공세를 펼쳤다.

그렇다고 백리선혜가 장거리에만 능한 것도 아니다.

어찌어찌 고생해서 겨우 가까이 가면 백리선혜는 유려한 몸놀림을 보이며 이리저리 피하더니, 철부채로 과격하게 몸을 쳐내 뼈를 부러뜨리는 등 치명상도 입혔다.

'선법이 이리 귀찮을 줄이야!'

무학에 대한 공부는 깊으며, 숫자도 많아 그 종류도 다양하고 들지도 보지도 못한 것도 있다.

백리선혜의 선법이 그렇다.

아주 없는 건 아니지만, 부채를 주무기로 하여 펼치는 무공은 고금을 통틀어도 별로 없다.

그러다 보니 어떻게 선법에 맞대응해야 할지 알려진 바가 없어서 금의검문 무사들은 당황했다.

무위라도 비슷하거나 아래면 대충 익숙해져서 싸울 수라도 있지, 백리선혜는 초절정에 가까운 고수인지라 그럴 수도 없다.

그뿐만 아니라, 그녀 곁에 있는 청실과 홍실이라는 이름의 기녀들도 큰 골치였다.

백리선혜처럼 고수는 아니지만, 그래도 일류 수준은 보여주었다. 외관만 봐서는 툭 건들면 쓰러질 것 같은데, 우습게도 그녀들의 기세는 보통이 아니다.

선외루에서 어떤 비급을 읽었는지는 모르겠지만 온몸이 섬뜩할 정도로 살기가 짙게 담겨있고, 철저하게 살인을 목적으로 한 패도적인 검법을 구사했다.

덕분에 최초 열 명이었던 인원도 정신을 차려보니 고작 넷으로 줄어들어 그야말로 절체절명이었다.

"멍청한 새끼들아! 고작 여자를 상대로 뭘 그리 쩔쩔거리며 힘들어하고 있어!"

그 광경을 안전한 장소에서 지켜보던 호영창이 불같이 화를 내며 무사들을 닦달했다.

'젠장! 저 조루 새끼가!'

비록 소문주의 호위 목적으로 따라왔기에 호영창이 나서지 않은 것은 별로 상관없었다. 그러나 싸우지 않을 것이라면 응원이라도 해야 할망정 저러고 있으니 괜히 열이 뻗쳐올랐다.

무사들은 속으로 호영창을 욕하면서 만약 무사히 살아 돌아간다면 기필코 조루라는 소문을 퍼뜨리자고 다짐했다.

"학…… 하악…… ."

그렇지만 승세가 백리선혜 일행에게 완전히 기울어진 것 아닌 모양이다.

귀신같이 기분 나쁘고, 섬뜩하고, 사납게 울부짖으며 검을 휘두르던 청실과 홍실도 체력이 다 했는지 하얗게 질린 얼굴로 숨을 거칠게 호흡했다. 입술도 살짝 파란 것이 체력은 물론이고 내력도 다 소진한 듯했다.

하기야, 청실과 홍실이 아무리 일류라곤 해도 금의검문 무사들 역시 일류다. 그중에는 절정도 끼어 있었다.

다행히 절정은 한 명밖에 남지 않았지만, 아무래도 다수와 싸우다보니 금세 체력과 내력을 소진해 버렸다.

이를 알고 있는 백리선혜도 청실과 홍실이 더 이상은 무리라는 걸 깨달았는지 걱정스러운 어조로 말했다.

"이제부터는 본 첩이 상대할 터이니 뒤로 빠져 있거라."

"하지만, 루주님……."

"됐다. 너희도 그렇게 지쳤으면 본 첩에게 도움은커녕 도리어 방해가 된다는 것을 알고 있지 않느냐?"

"네……."

청실과 홍실이 마지못해 긍정하며 뒤로 빠졌다.

"하하! 드디어 저년들이 지쳤구나! 얼른 저년을 내 앞으로 데려와라!"

호영창이 의기양양하게 웃으면서 백리선혜의 몸을 한 곳 한 곳, 빠짐없이 음심으로 가득한 눈길로 쳐다봤다.

"쯧."

백리선혜가 불쾌한 듯 고운 미간을 좁히며 혀를 차곤, 먹을 머금은 듯한 시커먼 철선(鐵扇)을 쫙 펼쳤다.

이른바 접첩선(摺疊扇)이라 하여, 평소에는 접어둘 수도 있는 부채의 한 종류이다. 다만 그 재질은 범상치 않아 보였는데, 부챗살이나 대(竹)가 죄다 묵직한 쇠로 이루어져 있었다.

무늬 하나 없다면, 기녀로서 치장에는 전문적인 백리선혜가 루주의 이름이 운다고 했겠지만, 철선은 루주의 지위에 걸맞게 시커먼 부분 위에 금색으로 화려한 무늬가 새겨져 있었다.

그 외에도 손잡이 부근에 은은하게 선홍색 빛깔의 적우(赤羽)가 달려 있어 한눈에 보기에도 진귀한 느낌을 잘 살려냈다.

'하필이면 절정 무사 중에서 성가신 놈이 남았구나.'

철선으로 얼굴의 절반을 가려, 가늘게 뜬 눈만 노출한 백리선혜가 잠시 고민에 빠졌다.

본인이 초절정에 가까운 절정의 고수이긴 하지만 그동안 싸우면서 진양만큼은 아니지만 그래도 나이에 맞지 않게 비교적 상당한 내공을 제법 소진했다.

한 명이라면 모를까, 일류가 셋이나 붙어 있는 놈과 싸우기엔 아무래도 부담스럽다.

'어떻게 해야……'

백리선혜가 어떻게 해야 할지 몰라 고민하고 있을 때.

쐐애애애애액!

족히 천 마리의 새가 동시에 지저귀 듯, 예음(銳音)이 터져 나와 대기의 벽을 찢어 가르고 무언가가 날아왔다.

"끄악!"

일류 무사 중 한 명이 비명을 토해내며 앞으로 고꾸라져 바닥에 입을 맞췄다.

"뭔……?"

근처에 있던 무사들이 기겁하면서 주변으로 분산했다.

먼 거리에서 무언가가 날아와 무사의 등판을 그대로 박힌 것. 그 정체를 보아하니 화살이나 창 같은 것이 아닌 투박한 철검이었다.

"괜찮습니까?"

기가 막힌 투검술(投劍術)로 모두를 놀라게 한 건 방금 막 할당량을 문제없이 처리하고 지원을 온 진양이었다.

"공자!"

백리선혜가 반색하며 환하게 웃었다.

"서, 설마……."

호영창이 믿을 수 없는 눈으로 황급히 뒤를 살폈다.

분명히 아까 전에 금의검문 무사 열 명과 떨어져 나갔었는데, 상처 없이 돌아왔다는 건 좋지 않은 소식이었다.

예상대로 조금 떨어진 곳에서 든든한 병기로 써먹었던 금의검문 무사 열이 시체가 되어 누워 있거나, 혹은 치명상을 입고 피를 토한 채로 목숨만 겨우 연명하고 있었다.

"젠장!"

절정 무사의 얼굴이 참혹하게 일그러졌다.

이제 겨우 이기나 싶었는데, 도사의 등장으로 일말의 희망조차도 깨끗이 사라졌다. 초절정에 가까운 무위를 지닌 백리선혜도 부담스러운데 절정 한 명이 또 나타났다.

상황은 절망적이다. 그 증거로 그를 제외한 두 명의 일류 무사가 사기를 잃은 듯, 어두운 표정을 짓고 있었다.

"걱정할 것 없다! 놈도 사람이라면 방금 싸움으로 지쳤을 것이다. 선선미호도 마찬가지니, 정신만 차리면 이길 수 있다!"

틀린 판단은 아니다.

상식적으로 생각해서, 아무리 절정 고수라 하여도 아직 나이가 어리니 내공이 많지는 않을 것이고 체력도 제법 소진했을 터. 희망이 있다.

한 가지 불안한 것이 있다면 그 장본인이 백리선혜와 달리 전혀 지치지 않은 모습이라는 건데, 절정 무사는 괜히 불안감을 높이고 싶지 않아 진양이 허세를 부리고 있을 것이라고 짐작했다.

"선선미호부터 잡아!"

절정 무사가 백리선혜에게로 급히 몸을 날렸다.

그간 싸우면서 그녀의 선풍(扇風)이 얼마나 성가신지 실감했다. 만약 진양이 앞에 서서 접근전으로 싸우고, 뒤에서 선풍으로 백리선혜가 지원을 한다면 이길 수 있는 확률이 천문학적으로 적다.

"하앗!"

백리선혜 역시 날아오다시피 달려오는 절정 무사를 향해 똑같이 지면을 박차고 몸을 날렸다.

멀리서 견제하듯이 선풍을 날리는 것도 나쁘진 않지만, 아쉽게도 내력이 이미 거의 바닥을 보이는데다가 자칫 잘못해서 진양에게까지 그 여파가 치미면 큰일이다.

"죽어라!"

절정 무사가 검을 위에서 아래로 수직으로 휘두른다.

백리선혜는 펼친 철선을 접더니만, 절정 무사와는 반대로 아래에서 위로 힘껏 올려쳐 검을 쳐냈다.

채앵!

길게 늘어지는 마찰음과 함께 백리선혜의 공력과 절정 무사의 공력이 충돌하면서 가볍게 폭음을 터뜨렸다.

"큭!"

백리선혜가 입술을 질끈 깨물었다.

단전이 거의 비어 있어, 내력 싸움에 이기지 못했다. 다행히 내상까지는 가지 않았지만 이대로는 위험하다.

'이겼다!'

절정 무사가 속으로 확신을 가졌다.

설사 진양이 빠르다고 해도, 거리가 있는데다가 일류 무사들이 자리를 버티고 있으니 다시 검을 휘두르는 시간 동안에는 접근해오지 못할 것이다.

"죽이지는 말아라!"

호영창이 뒤늦게 불안한 얼굴로 소리를 버럭 질렀다.

그간 고생한 이유가 무엇인가? 백리선혜를 복수하고, 자기 밑에 다시 깔아서 능욕하기 위해서다. 만약 그녀를 죽인다면 지금까지의 노력이 죄다 물거품이 될 것 같아 걱정하는 호영창이었다.

그러나 절정 무사에게는 그런 생각은 추호도 없었다.

선선미호는 고강한 무공을 지니고 있다. 싸우면서 느꼈지만 자기 자신보다 강한 것이 확실하다. 여기서 죽이지 않는다면 뒤에서 쫓아올 도사와의 싸움에 크게 방해된다.

아름다운 여자도 좋고, 금의검문에서 받을 금전도 좋지만 그래도 목숨이 더 중요하다.

그는 철선을 힘껏 밀어내며 그대로 일도양단 할 기세로 검을 휘두르려했다.

"이제 그만 죽…… 커억!"

절정 무사가 눈을 부릅떴다.

칼자국이 길게 남은 입술에서 핏방울이 주르륵 흘렀다. 검고 탁한 것이 아닌 걸 보니, 독은 아니다.

이게 무슨 상황인지 알 수 없는 그는 머리에 의문을 남긴 채 천천히 무릎부터 무너져 그대로 절명했다.

"후우우우……."

전력을 담은 장경을 날린 이후의 진양은 안도가 섞인 숨을 토해내며 주먹을 쥐락펴락하며, 살짝 미소를 지었다.

"괜찮습니까?"

진양이 백리선혜와 눈이 마주치자 안부를 물었다.

이에 그녀는 살짝 놀랐지만, 이내 똑같이 살짝 미소를 입가에 그려내며 대답 대신 머리를 끄덕여 긍정했다.

"주, 죽여! 놈을 얼른 죽여!"

호영창이 두 명밖에 남지 않은 금의검문 무사들을 향해 필사적으로 외쳤다.

하지만 그들은 이미 싸울 마음을 잃었는지, 검을 쥔 팔을 힘없이 떨어뜨렸다.

진양은 그들에게서 살의는 물론이고 투기까지 말끔히 사라진 걸 확인한 뒤, 주춤주춤 뒷걸음질 치는 호영창에게 천천히 발걸음을 옮겼다.

"네, 네 이놈! 내가 누군지 아느냐? 내가 바로 금의검문의 소문…… 킥!"

호영창이 말을 잇지 못하고 코를 부여잡고 벌러덩 넘어졌다. 코앞까지 다가온 진양의 주먹에 맞은 것이다.

"아이고, 내 코! 내 코!"

체면을 목숨처럼 중시하는 호영창도 아픔은 못 견디는지 비혈(鼻血)을 줄줄 흘리는 코를 붙잡고 바닥을 꼴사납게 데굴데굴 굴렀다.

"이제 이걸 어찌한다."

원래라면 죽여도 시원치 않을 놈이지만, 호영창의 신분이 마음에 걸렸다.

금의검문은 세간에서 그다지 평이 좋지 않더라 하여도, 나름 명문지파이고 뒤에는 정파무림의 연합체인 무림맹에도 간간히 자금을 지원해 주는 상단이다.

거기에 연결된 금의검문의 소문주를 죽이는 것은 물론이고 반병신으로 만들었다간 좋지 않은 문제를 낳는다.

마음 같아선 속 시원하게 단전을 폐하고 사지를 죄다 부러뜨리고 싶었으나, 역시 금의검문이 마음에 걸린다.

'어차피 이대로 그냥 보내줘도 보복은 피할 수 없겠지.'

그는 벌써 두 번이나 호영창을 방해했으니, 자존심이 강한 소문주는 분명히 언젠가는 보복할 것이다.

게다가 금의검문의 소문주라면 무당의 이름도 먹히지 않는 지위다. 고민이 깊어질 수밖에 없다.

"공자, 이제부터는 저에게 맡겨주세요. 도와주신 것도 고마운데, 뒤처리까지 생각해 주시면 제 마음이 불편해서요."

딱히 이렇다 할 정도의 시원스러운 해결방안이 나오지 않아서 끙끙 앓고 있을 때, 백리선혜가 한 걸음 나서서 부드러운 어조로 말을 꺼냈다.

"좋은 방법이라도 있습니까?"

직접적인 관계가 없었으면 모를까, 호영창에게 원한을
산 진양은 신경이 쓰여 확실한 답변 대신에 해결 방안을
물었다.

그는 본인에 대한 문제라면 괜찮지만, 혹시라도 스승이
나 사저 등 무당에 피해가 가는 건 아닐지 걱정됐다.

백리선혜도 그 마음을 아는지 머리를 한 차례 끄덕이곤
시선을 코를 누른 채로 바닥에 아직까지 누워 있는 호영창
을 향해 차가운 목소리로 경고했다.

"머리가 있다면 조루…… 아니, 소문주께서도 허튼짓을
하지 않는 것이 좋을 거예요. 알고 있을지 모르겠지만, 저
희 선외루는 정보 단체를 겸하기도 있거든요."

"하……?"

호영창이 그게 무슨 헛소리냐는 얼굴로 백리선혜를 올
려다보았다.

그러자 백리선혜는 한심하다는 눈빛으로 호영창을 내려
다보며 말을 이었다.

"제 밑에 있는 아이들에게 부탁하면 당신의 치졸한 행
각은 물론이고 얼굴을 들지 못할 정도로의 비밀을 널리 퍼
뜨리겠어요."

"네 이년······!"

호영창도 그제야 백리선혜가 무슨 말을 하는지 이해한 듯, 이를 뿌드득 갈면서 낮게 으르릉거렸다.

하지만 그저 노려볼 뿐, 그는 어떠한 말도 할 수 없었다.

아무리 호영창이 머리에 생각이 없는 놈이긴 하나, 그래도 명색의 한 문파의 소문주로서 문주인 아버지에게 여러 교육을 받은 바가 있었다.

그래서 선외루가 지닌 정보 단체의 힘이 얼마나 큰 영향력을 끼치는지도 잘 알고 있었다.

딱히 금의검문 자체에 치명적일 정도로 영향을 끼치진 않겠지만 호영창 본인에게는 평생 놀림감이 될 수 있기에 신경이 쓰였다.

"혹여나 돈이나 문파의 힘으로 어떻게 해볼 생각은 하지 않는 것이 좋을 거예요. 당신이 아직 애송이라 잘 모르는 모양인데, 전 선외루의 루주 백리선혜예요."

백리선혜의 동공에 서늘한 빛이 묻어났다.

"금의상단의 상단주도 아니고, 그렇다고 금의검문의 문주도 아닌 애송이 따위가 절 어떻게 해 보려고 하다니. 백 년, 아니 천 년은 일러요."

"크윽······."

"그러니 얌전히 눈 내리깔고, 냄새나는 입 닫은 채 얌전히 집으로 돌아가세요. 알았죠?"

'장난 아니구나.'

곁에서 백리선혜를 지켜보던 진양이 허, 하고 감탄했다.

그동안은 남자를 홀리는 여우처럼 요사스러울 정도로의 매력을 풍기고, 알게 모르게 차근차근 유혹해 왔다.

또한 기녀로서 습관이 몸에 배었는지, 스스로를 낮춰 남자의 비위를 맞춰 주고 청순하거나 얌전한 모습을 보였다.

내숭이라 표현하면 딱 알맞다.

그러나 호영창에게 적의를 보이고 협박하는 모습은 그야말로 여걸, 아니 여왕을 보는 듯했다.

철저하게 남자를 아래로 내려다보며 상하관계를 인식시키고, 섬뜩할 정도로 날카롭고 사나운 분위기를 풍긴다.

여우가 아니라 암컷 호랑이가 아닐까 싶다.

백리선혜는 그 자세에서 호영창을 가만히 내려다보다가, 볼일이 끝났다는 듯이 몸을 휙 돌렸다.

그러곤 방금까지 무슨 일이 있었냐는 듯, 도도하게 세운 턱을 살짝 숙이고, 호랑이와 같은 기세를 슥 하고 없었던 것처럼 지워 버렸다. 그 후에는 종종걸음으로 진양에게 다가와 자연스럽게 팔짱을 끼고 꼬리를 살랑였다.

"후후후. 공자님에게 추한 모습을 보였네요. 그러나 이

건 가끔씩 필요로 인해서 약간 꾸며보았을 뿐이니까요. 그
것보다는 그동안 정말 무서웠는데, 공자님이 왕자님처럼
등장하셔서 정말 멋있었어요. 대단하시네요."

'꾸미기는 무슨. 괜히 별호에 여우가 붙은 게 아니야.'

자연스럽게 내숭을 떨면서, 남자가 기뻐할 만한 단어를
껴서 애교를 부린다. 전설 속에 나오는 구미호다.

'끙. 그렇지만 저놈의 가슴 때문에 입은 제멋대로 움직
이네.'

여우에게 등골까지 빨릴 것 같아서 경계하려는데, 마음
은 제멋대로 날뛴다. 눈을 자꾸 가슴으로 향하고 팔에서
느껴지는 감촉에 입이 헤벌쭉 올라갔다.

'저주라도 걸렸나?'

속으로 한숨을 내쉬는 진양이었다.

第七章

수구초심(首邱初心)

　호영창은 백리선혜에게 다시는 접근하지 않겠다고 말하곤, 이를 갈면서 일행에게서 떠났다.

　혹시 몰라 또 습격하는 건 아닐까 경계하면서 남양으로 향했지만 다행히 습격하는 일은 없었다.

　덕분에 별다른 문제없이 남양의 거리에 도착했다.

　선외루 남양지점에 도착하기 전까지 일행은 이목이 집중되었다. 신장이 조금 큰 것 외에는 별다른 장점이 없는 진양을 제외하곤 다른 세 여인의 미모가 워낙 눈에 띄다보니 그렇다.

　특히 백리선혜의 경우는 지나가던 사람들 모두 멍하니

쳐다볼 정도였고, 또한 진양은 백리선혜가 팔짱을 끼고 있어 질투와 부러움이 담긴 시선을 받았다.

"어서 오세요, 루주님."

선외루 남양지점에 도착하자마자 미리 기별을 받은 지점장이 헐레벌떡 나와 그녀를 반겼다. 물론 선외루의 지점장답게 역시 한 미모 하는 기녀였다.

"그럼 전 이만……."

"어머! 무슨 소리세요, 공자님. 부디 제가 보답을 할 수 있게 해 주세요. 만약 은인에게 아무런 보답 없이 보낸다면 루주로서 체면이 아닌걸요?"

남양에 도착했을 때는 아직 한낮이었는지라 바로 남쪽으로 발걸음을 옮겨 무당으로 되돌아가려했다.

그러나 백리선혜가 은인에게 꼭 대접을 해야 한다며 그를 뜯어 말렸지만, 진양에겐 씨알도 먹혀들지 않았다.

"백리 소저께서도 알다시피 전 도사입니다. 대접을 받고 싶어도 그럴 수 없는 몸인지라."

이에 백리선혜는 아쉬워하면서, 그의 약점인 흥부를 들이대며 유혹했지만 진양도 이번만큼은 걸려들지 않았다.

도리어 혹시라도 걸려들 것 같아서 일부러 백리선혜에게서 거리를 두고 고개를 좌우로 절레절레 흔들었다.

은인에게 대접해 주고 싶다는 관념 자체는 이해 못하는

건 아니다. 중원 무림에서 은원관계는 중요하니까.

하지만 그렇다고 도사로서 기루를 들락날락할 수는 없다. 만약 그랬다간 문책 수준이 아니라 사안이 심할 경우 파문까지 갈 수 있는 심각한 문제였다.

그렇지 않아도 남들 시선에 집중된 채 기루 앞까지 온 것도 신경 쓰인다. 당연히 루주가 해명해 주면서 적절히 조율해 주겠지만, 그래도 조금 불안하다.

백리선혜도 이를 알고 있는지, 이해한다는 듯 억지를 부리지 않고 금세 포기했다.

"그럼, 경비라도 드릴 테니 이건 거절하지 말아주세요."

그녀는 품 안을 뒤적거려 주머니를 진양에게 건넸다.

진양은 주변을 슥, 하고 둘러봤다.

다행히 백리선혜가 사전에 무당의 도사와 기녀가 함께 있는 걸 보면 오해를 할지 몰라서 한적한 곳으로 데려왔기에 주변인들은 없었다.

'돈이라면 어느 정도 괜찮겠지. 마침 경비도 필요하고.'

괜히 긁어 부스럼을 만드는 것보다는 사실 웬만하면 거절하는 게 좋았다.

그러나 수중에 돈도 거의 떨어져서, 없어지면 무당으로 돌아가는데 조금 곤란해지기에 경비까지는 받기로 했다.

"고맙습니다. 그렇다면 전 이만 가 보도록 하겠습니다."

"아쉽네요. 신분만 아니었으면 하룻밤을 함께 보내도 좋았을 텐데."

백리선혜가 연지를 바른 입술을 침으로 살짝 적시며 매혹적인 웃음을 흘렸다.

"하하하…… 짧지만 즐거운 여행을 보냈습니다."

"저도 마찬가지예요. 그보다 공자, 자꾸 그렇게 불편하게 대하실 건가요? 말투가 너무 딱딱한데 계속 그러시면 제가 섭섭해서 무슨 짓을 할지도 몰라요?"

백리선혜가 눈을 게슴츠레 뜨곤 그를 쳐다봤다.

"그, 그래요? 그럼 이 정도로 할게요. 아무리 그래도 저보다 선배이시고, 나이도 많으신데 말을 놓으면 좀 그래서요."

진양은 땀을 뻘뻘 흘리며 백리선혜를 어려워했다.

전생을 합하면 이쪽이 더 많긴 하겠지만, 백리선혜는 사저인 진연처럼 대하기가 좀 어려웠다.

게다가 쓸데없이 그녀와 거리가 가까워진다면 무슨 일을 당할지 몰라서 조금 경계할 필요가 있었다.

'사저의 말대로 여자는 조심해야겠어.'

도연홍이나 송화는 아직 어리고 순수해서 별다른 생각이 없었지만, 경험이 제법 있는 백리선혜와 말을 하다 보면 자기도 모르게 그 속에 빨려 들어가는 기분이 든다.

실제로 그녀의 유혹에 져, 무당에 삥 돌아가게 됐고 금의검문 소문주와 원한관계를 형성했다.

겉으론 자기 자신을 낮추지만 안을 들여다보면 자기의 뜻대로 남자를 움직이려는 그야말로 요녀(妖女)다.

"흐응, 조금 마음에 들지 않지만 이 정도까지로 할게요."

납득하지는 않는 얼굴이었지만, 이대로 끝나겠다는 듯이 웃음을 흘렸다.

그러곤 주변을 둘러보곤 아무도 없다는 것을 하더니만 진양에게 다가가 그 품에 살짝 안겼다.

"배, 백리 소저?"

진양이 눈에 띄게 당황했다.

사저에게는 안겼던 적이 많아서 그래도 좀 낫지만, 그 외의 여성이 이렇게 노골적으로 안겨온 건 처음이다.

가족이라 생각한 사람 외의 여자를 안은 건 참으로 기묘하고, 신기하고, 흥분되는 기분이었다.

사내처럼 역한 땀 냄새도 맡아지지 않았으며, 향수를 뿌린 것도 아닌데 달콤한 향기가 코를 찌른다.

또 옷을 입고 있어서 체온을 느낄 수 없지만, 머리부터 발끝까지 왠지 모르게 따뜻해지는 이 신묘한 감각.

수십, 수백 가지 언어를 써도 표현할 수 없는, 정말 말로 도저히 설명할 수 없는 기분에 사로잡혔다.

"후후후. 발이 걸려 그만 실수를 해버렸네요."

백리선혜는 짓궂은 웃음을 보이곤 진양의 품 안에서 벗어났다.

"그럼, 저야말로 나중에 꼭 뵈었으면 좋겠네요. 공자."

"예…… 그럼 전 정말로 가 볼게요. 나중에 뵐게요."

진양은 포권으로 인사를 한 뒤, 급히 떠나갔다. 이 여우가 무슨 짓을 할지 몰라서, 차라리 얼굴을 보지 않는 게 마음이 편하다.

"루주님."

남자의 떠나는 뒷모습을 말없이 바라보고만 있던 백리선혜는 자신을 부르는 목소리에 몸을 돌렸다.

그리고 그곳엔 남자에게 애교를 부리고, 청순한 모습을 유지하려는 여인은 없었다.

턱은 도도하게 세우고, 동작 하나하나가 고귀하다. 손에 쥔 철선을 좌르륵 펴서 입가를 가리곤 눈을 가늘게 뜬다.

기녀가 아니라, 사람들을 내려다보며 강렬하게 수많은 이들을 포섭하고 휘어잡을 수 있는 여왕이 서 있다.

"청실, 이제부터 날 안고 싶다는 손님이 있다면 신분은 물론이고 금액을 아무리 많이 제시해도 거절하도록 하여라."

"네."

청실이 허리를 낮추고 공손하게 답했다.

"홍실."

"예, 루주님."

홍실이 다가와 머리를 숙여 시선은 땅에 고정하고, 양손 바닥 위에 올려 둔 장죽(長竹:곰방대)을 건넨다.

백리선혜는 당연하다는 듯이 장죽을 받아 입에 물고, 담뱃잎을 넣은 대통에 불을 붙이곤 폐 깊숙이 빨아들이곤 잿빛 연기를 뿜었다.

"거리에서 우리를 본 사람들은 입막음을 하도록. 공자가 혹여나 악 소문에 휩쓸리지 않도록 하고. 그리고 전에 공자께 마차를 약속했으니, 넌 나가서 공자께 마부와 마차를 드리도록 하거라."

"명대로."

"하아아."

백리선혜는 넘실거리며 하늘로 승천하는 탁한 연기를 올려다보며 생각에 잠겼다.

'사내라는 것들은 다 똑같다고 생각했거늘.'

신선한 기분이었다.

남자 앞에서 이렇게 진심으로 나쁘게 보이지 않았으면 한다는 생각을 한 건 오랜만, 아니 거의 처음이었다.

전대 루주에게서 거둬지고, 어떻게든 살아남으려고 아등바등 살아왔다.

남들 다 한다는 첫사랑을 느끼긴커녕, 전대 루주가 그녀의 정신을 잡아주지 않았더라면 남자를 안기는커녕 손도 대고 싶지 않을 정도로 깊은 혐오감에 빠졌을 것이다.

'좋은 남자로구나.'

방금 전까지만 해도 어린 소년처럼 귀여운 반응을 떠올리니 입가에 웃음이 절로 맺힌다.

이 묘한 감정이 연정(戀情)인지는 알 수 없다.

그러나 마음은 젊은 도사에게 끌리고 있었다.

그는 기녀를 딱히 나쁘게 보는 것도 아니고, 잘 보이기 위해서 가식적으로 자신을 대하지도 않았다.

깨끗한 수면 위를 보듯, 그 눈동자를 보다보면 입을 맞추고 정기를 빼앗고 싶었던 것도 한 두 번이 아니다.

음양색요공은 색공이지만 딱히 남자를 안지 않아도 남자와 몸을 섞고 싶은 부작용 따위는 없다.

그런데도 그를 떠나보낼 때 충동적으로 왠지 모르게 품에 안기고, 체온을 느끼고 싶었다.

또한 그에게 나빠 보이고 싶지 않고, 남들이 문란하다고 생각하는 기녀로서의 삶도 되도록 숨기고 싶었다.

호영창의 경우도 원래라면 그까짓 거, 잠깐 몸을 섞여주고 돈만 챙기면 되지 않을까 싶은 생각도 했었다.

그런데 진양을 만나고 난 뒤에는 그건 결코 해서는 안 될 사고방식이라 생각하였다.

남자에게 미움 받고 싶지 않은 감정이라니.

자기도 모르게 웃음이 튀어나왔다.

"소녀라니, 본 첩과는 어울리지 않는 말이거늘."

*　　　*　　　*

하남에 위치한 남양에서 남서쪽으로 쭉 내려가다 보면 호북으로 넘어가 무당산이 나온다.

백리선혜와 헤어진 진양은 뒤쫓아 온 홍실이 내준 마차를 타고 별 문제없이 호북 땅을 실로 오랜만에 밟았다.

무당을 떠난 지 어언 두 달이 되어 간다. 용봉비무대회 때문에 합비에 들렀을 적보다 오랜 체류 기간이었다.

그리고 마을에 들릴 때마다 정세가 어떤지 한 번 알아보기도 했다. 혹여나 정마대전이 일어나 무당에 문제는 없는지 걱정 돼서 그렇다.

다행히도 딱히 전쟁이 일어나거나 하지는 않았다.

그러나 들은 바에 의하면 전쟁이 당장 일어나도 전혀 이상하지 않다고 한다. 용봉비무대회 때문에 무림맹은 이미 전쟁을 준비하고 있다는 소문이 돌고 있었다.

"후, 그보다 마차에만 있으니 온몸이 쑤시는구나."

진양은 자기도 모르게 중얼거렸다.

동행하는 사람이라곤 면식이 없는 마부뿐이다.

물론 대화할 사람이 없다 보니 무당으로 향하면서 여러 시시콜콜한 이야기를 했지만, 그 대화도 며칠이 지나자 이야기 거리가 떨어져 뚝 하고 끊겼다.

백리선혜가 내준 마차는 제법 값이 나가는지, 앉은 자리가 침실처럼 푹신하여 편안했으며 마차도 크게 흔들리지 않았다. 마부도 실력이 제법 뛰어난지 딱히 운전에 문제도 없었다.

그러나 혼자서 마차 안에 박혀 있기만 하니 심심하다.

너무 심심하다 보니 산적이라도 나타나지 않을까, 하는 요상한 기대까지 했다. 그러나 호북 치안이 워낙 좋다보니 그 흔하다는 산적도 보지 못했다.

"후아암……."

여행이 지루하다 보니 절로 눈이 감긴다.

진양은 꾸벅꾸벅, 졸린 눈으로 가만히 있다가 끝내 쏟아지는 졸음을 참지 못하고 마차에 기대 깜빡 잠에 들었다.

'야, 일어나. 무겁단 말이야.'

'꿈……?'

잠이 든 그의 머릿속에 그리운 기억이 되살아났다.

마차를 움직이는 동력인 말은 엔진으로 변해 있
고, 차를 끌던 마부는 이제는 얼굴도 기억나지 않는
아버지였다.

조수석에는 항상 잔소리가 심했지만, 그래도 자
식을 누구보다 아낀 어머니가 앉아 옅게 웃고 있었
다.

꿈속의 자신은 고개를 돌려 옆자리를 바라본다.

세 살 터울의 누나가 살짝 짜증 난다는 기색으로
자신을 쳐다보고 있다. 자신이 깜빡 잠이 들어 누나
의 어깨에 잠시 기댄 모양이다.

'누나…… 있었지.'

이 넓은 중원 땅의 진양이란 소년으로 환생한 지
도 오랜 시간이 흘렀다. 자고로 기억이란 건 시간이
지나면 마모되어 사라진다고 했는가, 그렇다고 전
생의 가족에 대해서 잊을 줄은 몰랐다.

'명절이었나.'

창밖을 바라보면 도로에 서서 움직일 생각을 하

지 않는 수많은 자동차가 보인다.

기억이 새록새록 떠오른다.

오늘날처럼, 탈 것에 앉아서 지루할 정도로 시간을 보낸 적이 있다. 서울에 살던 그는 명절날 조부와 조모를 보러 귀향을 위해 고속도로 위에 서 있었다.

'아버지, 어머니, 누나.'

환생한 이후에 원래 가족들이 그립지 않다면 그건 필시 거짓말이다.

고아였던 진양과 다르게, 그는 평범한 가정에서 태어나 가족들과 함께 지냈다.

감정 표현이 서툰 아버지, 잔소리 심하지만 상냥한 어머니, 사이는 좋은 편은 아니지만 나름 친했던 누나.

'불효자(不孝子), 인가.'

자식이 부모보다 일찍 죽는 것보다 더한 불효는 없다 했다. 그것도 대한민국 남자로서 군대에 갔다가, 전역하는 당일 날 불우하게도 교통사고로 목숨을 잃었다.

부모로서 마음이 얼마나 찢어질까. 생각만 해도 가슴이 아파왔다.

"아……."

꿈의 세계가 무너져 내린다.

엔진은 다시 발굽소리를 내는 말로 변하고, 차 안도 마차로 변했다. 옆에 있던 누나는 물론이고 웃는 얼굴을 보이던 부모님도 사라졌다.

진양은 기댄 몸을 일으키고 코를 훌쩍였다.

눈이 시큰한 것이, 확인하니 물방울이 뺨을 타고 턱 끝으로 흐르고 있었다.

'전생(前生)이라.'

보고 싶지만, 결코 볼 수 없다.

그가 과거에 즐겨보던 소설이나 만화를 보면, 차원의 벽을 넘고 이동한 주인공은 다시 돌아가 부모님과 감동적인 재회를 이루고는 했다.

오직 가족을, 친구를 보고 싶다는 일념 하나에 버티고 정신을 유지하여 시련을 극복하고 고생하여 원래의 삶으로 돌아가는데 성공한다.

허나, 그는 아니었다.

차원을 이동한 것이 아니라, 죽고 다시 태어났다.

신이 아닌 이상 현생을 포기하고, 전생에 자기가 죽던 시점으로 돌아갈 수는 없었다. 그건 결코 바꿀 수 없는 현실이었다.

'괴롭구나.'

불교의 교리 중 하나인 윤회사상(輪廻思想)에 의하면 생명은 기억을 잃고 다른 세상에서 태어난다한다.

만약 자신처럼 전생의 기억을 그대로 지니고 있다면, 자아에 혼란을 야기할뿐더러 전생에 남기고 온 인연 때문에 고통 받을 것이다.

그래도 전생의 기억을 떠올렸을 때, 정신을 단련시켜주고 흔들리지 않는 굳건한 마음을 갖게 해 주는 심법을 익히고 있어서 망정이지 그러지 않았더라면 정신이 붕괴되었을지도 모른다.

'하지만 순응할 수밖에 없었지.'

전생에 대한 미련이 없다고는 할 수 없다. 아무리 시간이 흘러도 남들보다 특별한 경험을 지니고 있는 그는 결코 잊을 수 없을 것이다.

그렇지만 거기에 매달려서 폐인처럼 살아갈 수는 없다.

이전 삶을 비울 수는 없지만, 지금의 삶을 위해서 집착했다간 십중팔구 주화입마에서 벗어나지 못한다.

'후후. 내 시간은 군대에서 아직 멈춰있구나.'

군대에 막 입대했을 무렵, 첫 휴가를 나가기 전 자기를 사랑해 주던 부모님을 뵐 수 없었고 술을 마시며 함께 놀던 친구들도 볼 수 없었다.

무당에서 흔히 말하는 속세(俗世)와 연을 끊고, 총을 어깨에 맨 채 철책 너머로 보이는 광경을 멍하니 바라봤다.

몇 번이나 무너질 뻔하고, 화장실에 혼자 들어가 눈물을 흘린 적도 있었다.

그렇지만 시간이 지나자 차츰 부모님에 대한 그리움도 사라지고, '지금'에 익숙해져 아무렇지 않게 됐다.

그리고 그때처럼 진양으로서의 삶 역시 시간이 지날수록 익숙해졌고, 그립고 마음이 아파오긴 했지만 마음에 부담이 갈 정도는 아니었다.

진양은 씁쓸하게 웃으면서 오른쪽으로 고개를 돌렸다.

정말 입기 싫었던 군복 차림으로, 군모를 푹 눌러쓴 채 뚱한 얼굴로 정면을 멍하니 쳐다보고 있는 청년이 앉아 있다.

다시 고개를 돌려 왼쪽을 바라본다.

걸레인지 옷인지 헷갈릴 정도로 허름한 옷차림에, 천진난만한 웃음을 흘리며 발을 흔드는 소년이 앉아 있다.

그는 다시 머리를 원위치로 돌려 정면을 똑바로 바라보며, 그저 조용히 강처럼 흘러가듯 가만히 있었다.

*　　　*　　　*

"허어."

청솔은 허망한 눈길로 막내 제자를 쳐다보았다.

오늘 중식 무렵이었다.

어느 때처럼 오전에 진연에게 원주 업무를 가르쳐 주고, 함께 중식을 먹었다. 그리고 차 한 잔을 하고 약간 수다를 떨려고 했는데, 소미가 들어오며 사천에 있어야 할 진양이 찾아온 것이다.

막내와 묘한 분위기를 형성하는 첫째 제자는 근 두 달 만에 보는 사제의 등장에 환하게 웃으며 좋아했다.

청솔은 골치 아픈 듯, 미간을 좁히며 한숨을 푹 내쉬었다.

'이럴 수가. 정마대전에 휘말릴 것 같아서 일부러 사천에 보냈는데, 이렇게 빨리 해결하고 올 줄이야.'

전 황궁 숙수였던 인물인 만큼, 송직모가 도움 요청한 일은 제법 어려울 것이라고 생각했다. 그런데 웬걸, 반년도 지나지 않아 고작 두 달 만에 무당으로 되돌아왔다.

"사부님, 그간 강녕하셨습니까?"

"그, 그래…… 너도 어디 다친 데는 없고?"

마음 같아선 왜 왔냐고 으름장이라도 내고 싶었지만, 타지에 나가 고생한 걸 생각해 보면 차마 그럴 수도 없다.

청솔은 바보 같은 제자 놈이 정마대전이 터지기도 전에 너무 일찍 다녀온 것에 속이 터졌다.

"예, 저야 문제없었지요. 아! 그보다 송직모 아저씨가 안부를 전해 달라고 했습니다."

"흠, 그래?"

몇 없는 벗에게는 미안한 말이지만 왜 이렇게 쉬운 일로 도움을 요청했냐고 속으로 생각될 정도였다.

"그래. 무슨 일이 있었는지 말해 주겠느냐?"

"예."

그래도 벗은 벗. 곤란한 일이 있었다고 하니 무슨 일이 있었는지 궁금했다.

청솔의 물음에 진양은 사천에 있었던 일을 하나하나 상세하게 설명했다.

사천에 도착한 뒤에 송직모를 만난 일, 전 황궁 숙수인데도 불구하고 거리에 나앉기 직전이었던 사정, 그리고 인탈방을 처리한 무용담도 청솔과 진연에게 들려주었다.

"잘 했다. 사람의 얼굴을 한 짐승들은 굳이 살려 둘 필요는 없지. 도리어 멀쩡히 살려 보냈다면 더 큰 비극을 낳았을 것이다."

진양이 거후를 비롯하여 몇몇 인탈방도들을 죽인 것을 듣자 천하의 청솔도 머리를 위아래로 흔들면서 진양을 칭찬했다.

너무 빨리 일을 처리한 것이 아쉽긴 하지만, 그렇다고 인간으로서 도리를 지키고 협의를 행한 제자에게 모진 소리를 할 수는 없다.

"송화라…… 그런가, 양이에게도 이제 동생이 생겼구나. 나중에 꼭 소개시켜줘야 해?"

진연이 왠지 모르게 즐거워 보였다.

'응? 사저가 웬일이지?'

이유는 잘 모르지만, 여자 이야기를 하면 웃는 얼굴이지만 눈에 힘을 팍 주고 압박을 가하던 진연이다.

그러나 송화에 대해서는 별다른 반응을 보이지 않았다. 어딜 가던 여자를 조심하라고 했는데, 별로 감흥이 없어보였다.

"그 외에 별다른 일은 없었느냐?"

"아, 있었습니다. 혹시 선선미호라고 알고 계십니까?"

"선선미호라면…… 기녀가 아니더냐."

청솔이 눈썹을 찌푸리며 탐탁지 않은 모습을 보였다.

남자가 기녀 이야기를 꺼내는 이유는 몇 없다. 주로 기루에 들려 노름을 할 때다.

그러나 제자가 그런 인간이 아니라는 것을 굳게 믿고 있어 심각한 문제가 있을 것이라고는 생각하지 않으나, 그래도 마음에 걸린다.

"예. 그것이……."

청솔이 오해하지 않도록, 진양은 낭인대로 추정되는 복면인들에게서 백리선혜를 구한 일부터 시작하여 세세하게 자초지종을 설명했다.

"허어. 금의검문이라……."

청솔은 사건의 중심인물이었던 백리선혜보다 금의검문의 소문주, 호영창과 원한관계를 만들었다는 말에 걱정스러운 표정으로 탄식했다.

"하필이면 금의검문과……."

"그 점에 대해서는 괜찮습니다. 백리 소저가 약점을 쥐고 있어서 저나 무당에는 허튼수작을 못 할 겁니다."

"그렇다면 괜찮다만……."

청솔의 목소리에는 걱정스러움이 사라지지 않았다.

대게 호영창처럼 질 나쁜 부류의 경우 뒤끝이 남는다면 좋은 결과는 보지 못한다. 선외루주의 지위와 힘과 대단한 건 알고 있으나 그만큼 금의검문의 소문주 자리도 지지 않을 정도에 속한다.

청솔은 잠시 생각에 잠겼다가, 무언가 생각난 듯 입을 다시 열어 진양에게 경고하듯이 말했다.

"그래도 안심하지는 말거라. 세상일은 어찌 돌아갈지

모르는 바, 특히 은원관계는 경계하도록 해라."

"예, 명심하겠습니다."

"흠흠. 먼 길 다녀오느라 정말 수고했다."

"아닙니다. 당연한 일을 했을 뿐입니다."

스승과 제자는 말없이 눈을 마주치며 긴 침묵에 빠졌다.

청솔이 원채 말이 없는 과묵한 성격이었고, 딱히 더 이상 긴말을 하지 않아도 눈빛만 교환하여 그동안의 감정 등을 알 수 있었다.

'감사합니다, 사부님.'

진양은 정마대전 때문에 무리를 해서라도 자신을 은근슬쩍 빼낸 것 또한 눈치채고 있었다.

청솔은 용서받을 행동도 한 것도 아니었고, 따지고 보면 월권행위였으나 그래도 자신을 생각해 주었다는 생각에 진양은 크게 감동을 느끼며 진심으로 청솔에게 감사했다.

"양아. 그 루주는 너보다 나이가 많았지?"

"예?"

스승과 제자 간에 말로 형용할 수 없는 감동적인 장면을 찍던 도중, 곁에 있던 진연이 눈은 웃고 있었지만 그 안에 잔뜩 불안감을 안고 질문했다.

"예에, 정확히 몇 살인지는 모르나 저보다는 많아 보였어요."

"가슴, 가슴은 어땠니?"

"가슴이요?"

진양이 무슨 소리를 하냐는 듯이 진연을 쳐다봤다.

"사저, 그게 어떤 뜻인지 잘 모르겠는데요. 가르쳐줄 수
있으세요?"

"차암, 여자의 흉부를 말하는 거란다."

진양이 알아듣지 못하자 진연이 도사, 아니 여자의 입으
로도 나오기 힘들 정도로의 노골적인 표현으로 말했다.

"크, 크흐흐흠!"

청솔이 부자연스러울 정도로 헛기침을 토해 냈다.

그의 얼굴에는 당혹감이 어려 있었다.

진양은 다른 의미로 당혹스러워하고 있었다.

'큰일 났다.'

콩닥콩닥. 심장이 날뛴 소 마냥 날뛰었다.

양심이 크게 찔리고, 두뇌가 속도를 붙여 회전한다.

솔직히 백리선혜를 도왔던 건 마차나 협의 등의 이유도
있지만 결정적인 원인을 한 건 그놈의 가슴 때문에 감정을
주체하지 못하고 넘어간 점이 있어서다.

그걸 솔직히 말할 수도 없는 노릇인지라 하늘같이 모시
는 청솔에게조차도 유혹에 넘어간 것에 대해서는 일부러
언급 자체를 하지 않았다.

"어머."

사제가 아무런 대답을 하지 않자, 진연의 눈이 더더욱 가늘어졌다. 분명히 눈매는 초승달처럼 휘어 웃고 있는 건 분명하나, 가늘게 떠진 사이에 있는 동공이 어둡게 활활 타오르고 있었다.

"왜 그러니?"

"아니요. 그냥 조금 당황했을 뿐이에요. 가슴…… 이랄 까, 그다지 신경 쓰이지 않아서요. 잘 모르겠네요."

진양은 떨지 않고, 말 하나하나 또박또박 말하며 자연스 럽게 거짓을 고했다.

이에 무시무시한 사저는 의심하는 눈을 떨쳐 내지 못했 지만, 금세 어두운 분위기를 지워내며 다시 평소처럼 상냥 하고 부드러운, 편안한 미소를 보이며 뺨에 손바닥을 댔 다.

"네가 신경 쓰지 못할 정도라면…… 괜찮겠지."

"그…… 연아, 그런데 왜 그런 걸 묻느냐?"

청솔이 찜찜한 기색을 지워내지 못하고, 이번엔 그가 의 심스러운 기색을 내보이며 물었다.

"아, 여자로서 잠시 신경이 쓰였던 일인지라 모르셔도 상관없는 일이에요."

"크흠…… 알았다."

첫째 제자의 심성이 가면 갈수록 무언가 이상해져, 신경이 쓰이는 청솔이었지만 굳이 그녀를 추궁하지 않았다.

아니, 정확히 말해서는 안 한 것이 아니라 못 한 것이 맞았다. 여자와 관계된 일이라고 하니 남자로서 물어보면 괜히 제자를 추행하는 것 같아서였다.

같은 이유로 진양도 사저의 질문이 무척이나 신경 쓰이고 궁금했지만 감히 물어볼 생각을 할 수 없었다.

"그보다 사부님. 양이가 무당에 돌아왔으니, 적당한 직책을 내려야하지 않을까요?"

남자 둘이 곤란해 하고 있는 동안, 진연이 물었다.

"직책?"

진양이 머리를 갸우뚱했다.

"아아, 그랬지."

청솔이 무릎을 탁 쳤다.

"사부님, 사저의 말이 무슨 뜻입니까?"

"너도 알다시피 이제 사대제자 대부분 연령대가 성인이 되지 않았느냐?"

진양은 대답 대신 고개를 끄덕였다.

"무당에서는 강호에 나가지 않고 무당에 있는 이상, 적당한 업무를 받아 일을 해야 한다. 폐관수련 등 특별한 이유가 없으면 말이다."

"아."

문파의 제자라고 하여도 수련만 하는 건 아니다.

사용인만으로 무당의 업무를 수행할 수는 없기 때문에, 정식 제자들은 사용인이 못 하는 업무를 받아 수행해야하기에, 아직 정신적으로 미숙한 어린이들을 제외하고 성인이라면 응당 해야 했다.

"알겠습니다. 허면 저는 당연히 사저를 도와 조리원의 일을 하면 되는 겁니까?"

"그래."

무공을 강하건 약하건 간에 특별한 이유가 없으면 보통 주로 스승이나 사형제가 하는 업무를 돕는 편이었다.

"어차피 넌 음식을 다듬거나, 요리하는 데는 문외한이니 주방에 들어갈 필요는 없다. 그러니 연이와 함께 주로 납품(納品) 등, 행정 업무를 돕도록 하여라."

"알겠습니다."

第八章

소녀연심(小女聯心)

"소미야!"

'그만 좀 불러라.'

소미는 질린 얼굴로 속으로 한숨을 푹 내쉬었다.

겉으로 내색하진 않았지만, 소미는 오늘만 해도 수십 번은 부름을 받아 무척이나 지쳐 있었다.

그리고 또 누가 자신을 불렀을까, 하고 뒤를 돌아보고 누군지 확인하자 살짝 안도했다.

"뭐야, 난 또 누구라고. 초희(草禧)잖아."

곱게 땋은 머리, 동글동글한 눈매, 소미와 눈이 마주칠 정도로 그다지 크지 않은 신장. 미인은 아니었지만 그래도 그럭저럭 시골에서 인기 있을 만한 귀여운 아이가 살짝 흥분된 기색으로 소미에게 헐레벌떡 다가왔다.

"무슨 일이니?"

"얘는 참, 무슨 일이긴!"

초희의 눈이 화증잔만 해진다.

"소식 들었어. 어제 진양 도사님께서 돌아오셨다며?"

덕분에 이른 아침부터 시동이나 시녀들 사이에선 작은 소란이 일어날 정도였다.

"어쩐지 아까 여화 그 계집이 복도에서 부산을 떨며 움직이더라. 평소에 하지 않던 치장도 신경 써서 하더니만, 진양 도사님께서 오셔서 그렇구나?"

"말도 마. 오늘 일어나자마자 본 얼굴이 여화 그년이었다니까?"

그 외에도 여러 여자들이 소미를 볼 때마다 웃는 얼굴로 다가오면서 말을 건네는데, 그야말로 괴기 그 자체였다.

남자들에게 인기 있으면 모를까, 같은 동성에게 주목을 받으니 괴롭힘이라도 받는 것 같은 기분이다.

"호호호. 그럴 수밖에 없지. 다른 사람도 아니고 그 얼굴 보기 힘들다는 진양 도사님께서 오셨잖니?"

"다들 제정신이 아니야. 어떻게 진양 도사님께 접근할 생각을 하는 거지?"

소미가 혀를 쯧쯧 차며 머리를 좌우로 절레절레 흔들었다.

그 말은 들은 초희는 깜짝 놀라더니, 주변에 누가 있는 건 아닌지 확인하곤 소미의 얼굴에 접근하여 누가 들을까 싶어 소리를 죽여 속삭였다.

"애, 너 미쳤어? 사용인이 무당의 제자 분을 욕하다니, 게다가 여화같이 진양 도사님의 광신도들이 들었다간 생매장 될지도 모른다고!"

진양을 사모하는 소녀들은 폭발적으로 많지는 않지만 그래도 제법 된다. 잘생기지는 않았지만 그럭저럭 준수한 편이고, 성격도 자상한데다가 딱히 여자를 밝히지도 않는다.

동년배 남자들처럼 허세를 부리는 것도 아니고, 겸손한 성격인지라 어디 가서 자기자랑을 하는 것도 아니었다.

게다가 사용인에게도 한 명 한 명 깍듯하게 대해 주며 예법을 차려주니 인기가 없다면 이상하고, 무공도 고강한 인물이니 여자뿐만 아니라 남자들도 제법 동경하는 이들이 많은 편이었다.

"그 뜻이 아니야. 그저 다들 겁이 없어서 그래."

소미가 무언가 떠올린 듯 공포에 질린 기색으로 몸을 한 차례 부르르 떨었다.

"응? 그게 무슨 뜻이니?"

"별일 아니야. 그보다 혹시 너도 진양 도사님을 사모하는 건 아니겠지? 신분도 신분이지만, 네 몸매로는 안 돼."

소미가 음흉한 아저씨처럼 초희의 흉부와 둔부(臀部)를 몇 차례 훑어보더니 가당치도 않은 듯한 조소를 보였다.

"뭐, 뭣? 어딜 보는 거야! 그보다 내 취향은 진륜……헙!"

초희가 화들짝 놀라며 얼른 자기 입을 틀어막았다.

"허."

소미가 뒤통수를 크게 후려 맞은 것처럼 잠시 동안 제정신을 차리지 못했다. 잠깐의 시간이 흐르고, 소미는 몇 없는 소중한 친구의 어깨를 두들기며 진지하게 말했다.

"더 안 돼. 차기 장서각주님께서는 주요 지위 때문에 혼례를 치르지 못하셔. 진양님처럼 딱히 추후에 무당에서 어떤 지위를 갖으려고 하는 게 아니니까."

이에 초희가 훌쩍, 하고 눈물을 글썽였지만 곧 소매로 슥 닦아 내며 주먹을 꼬옥 쥐었다.

"상관없어! 그렇다면 곁에서 그분을 보필하면서 생을 마감하면 되니까."

"어휴, 너 정말 중증이구나."

소미가 크게 한숨을 푹 내쉬었다.

진양이 사용인들 사이에서 인기가 있는 연유는 한 가지 더 있는데, 소미가 말한 대로 무당에서 주요직에 속하는 직책을 받지 않아서 그렇다.

사용인은 물론이고 무당에서 사는 사람이라면 모두가 아는 것이지만, 무당의 도사는 주요 직책을 맡지 않는다면 혼례는 물론이고 자식도 낳을 수 있다.

그러나 진양은 딱히 무당에서 어떤 자리를 노리거나 할 생각은 보이지 않았고, 스승인 청솔이 맡고 있던 조리원주의 자리도 사저인 진연에게로 넘어갔다.

즉, 여자 입장에서는 딱 알맞은 최고의 남편감이다.

여기에서 그를 꼬신 뒤에 관계를 맺고, 아이라도 임신하게 된다면 무룡관 출신에 사대제자 중에서도 가장 강한 남자를 남편으로 맞이할 수 있는 것이니 환장할 수밖에 없다.

"아! 그나저나 내가 이런 대화를 하려고 널 부른 것이 아니었지?"

초희는 아차, 하고 자신의 아둔한 머리를 밉듯이 주먹으로 툭툭 치곤 재차 말을 이었다.

"소미야, 너라면 도사님이 어디 계신지 알고 있지? 진륜 공자님의 시녀가 도사님에게 관심이 있나 봐. 그 사람에게 잘 보여야 진륜 공자님의 전속 시녀가 될 수 있어서 그런데 부디 어디 계신지 알려주지 않을래?"

초희는 머뭇머뭇 손가락을 꼼지락 거리면서 최대한 애교가 가득 실린 미소를 보이며 조심스레 물었다.

"가르쳐 주는 건 어렵지 않지. 다만 가르쳐 봤자 찾아갈 수는 없을 거야."

소미는 오늘만 해도 최소 오십여 번은 반복해서 답했던 말을 입에 담으려 했다.

"왜?"

"그야 조리원주의 집무실에서 연 언니와 함께 업무를 보고 있거든."

"아……."

*   *   *

청솔이 내린 행정 업무는 딱히 어렵지 않았다.

일단 차기원주로서 진연은 이미 대부분의 업무를 그동안 전수받았는지라, 딱히 누군가가 없어도 이미 혼자 충분히 할 수 있는 능력을 갖췄다.

그래서 서책을 정리하거나, 혹은 작은 심부름을 한다거나 등의 잡다한 일밖에 없었다. 힘든 일이 없다 보니, 업무를 하면서 잡생각이 들었다.

'사저에게 사칙연산(四則演算)을 알려 줄까?'

상업적인 필요로 시작되었다는 사칙연산 법.

현대의 지구에서는 기초적인 수학이지만 명나라 시대에 서는 아직 기호가 전해지기 전이라 아는 자가 없다.

사칙연산을 하려면 우선적으로 기호를 알아야하고, 또 이해해야 할 필요성이 있다.

그러나 '+'는 13세기, '—'는 15세기 '×'와 '÷'는 등장 시기가 불문명하며 '='는 16세기에 등장했다.

또한 최초로 기호를 도입한 그리스 수학자였던 디오판 소스의 표기법은 그리스에서 받아들여지지 않았으며, 시 간이 흘러 아랍인들에 의해 발전하여 16세기 무렵에 라틴 어로 번역되어 유럽의 대수학자들에게 강한 영향을 끼쳐 이후에 중대한 역할을 했다 한다.

즉, 아직 사칙연산의 등장 시기는 멀어서 설사 황궁의 내로라하는 학자들조차도 알 수 없을 것이다.

머리가 좋은 진연이라면 알려준다면야 금세 배우겠지 만, 과연 사칙연산을 등장시키는 것이 올바른 것인지 판단 을 내리기가 힘들었다.

영화에서 소설에서 보면 꼭 미래인이 과거로 돌아가서 미래의 지식을 쓰다가 역사의 개변을 일으켜 심각한 일을 초래하는 경우도 있었다.

진양은 이를 걱정하는 것이다.

'그래. 웬만하면 현대의 지식은 나 혼자만 쓰는 것이 좋아. 사저가 사칙연산이 없어서 곤란한 것도 아니니까.'

결국 진양은 사칙연산을 가르치지 않기로 했다.

현대, 즉 미래의 중점으로 쓰이는 지식은 정말 사안이 급할 때라면 모를까 별 문제가 없을 때는 자신만 홀로 알고 있는 것이 좋다.

"사저. 더 시키실 일 없나요?"

할 일이 없다 보니, 진양은 무료함보다는 왠지 혼자만 농땡이를 피우는 것 같은 마음에 사저에게 물었다.

"응. 어차피 부탁을 하고 싶어도 그럴 수는 없단다. 행정에 관련된 건 예전부터 알고 있는 사람이 해야 하는 거니까. 또 아무리 너라고 해도 사부님의 허락이 없으면 함부로 문서를 공개할 수는 없어서 그렇단다."

"별수 없네요."

"조금만 쉬고 있으렴. 이것만 처리하고 안 그래도 너에게 해 줄 것이 있으니까."

"……? 네, 알겠어요."

진양은 순순히 그녀의 말을 따르고 잠시 휴식을 취했다.

아까부터 가만히 있기에는 좀 그래서, 집무실의 청소도 하고 사저에게 차도 타주었으며, 그 외에 서책 정리도 했기에 더 이상 할 일을 찾으려고 해도 없다.

그리고 약 이각 즈음 흘렀을까, 책상 앞에 행정 관련의 서적을 쌓아두고 일하고 있던 진연이 드디어 어느 정도 일을 끝낸 듯 자리에서 일어나 진양의 뒤로 발걸음을 옮겼다.

"사저?"

"움직이면 안 돼."

특유의 나긋나긋하고 여유가 흐르는 어조가 아니라, 엄중하게 나무라는 듯이 말해서 그런지 몸이 경직됐다.

속으로 사저는 뭘 하려는 걸까, 하고 생각하는 순간 뒤통수에서 무언가가 푹신한 감각이 전해져왔다.

처음에는 무엇이 닿은 건지 몰라 살짝 당황했지만, 곧 무엇이 닿은 지 알아챈 그의 피부가 벌겋게 달아올랐다.

"사, 사, 사저?"

"조금만 참으세요. 어깨가 무거워서 받칠 곳이 필요한걸."

사제의 머리 위에 넉넉한 가슴을 올려 둔 채로, 진연이 기분 좋은 목소리로 말했다. 게다가 두 팔을 뻗어 그의 목을 둘러 어깨까지 감싼 걸 보니 제대로 자리를 잡고 움직일 생각이 없어 보였다.

"……."

곤란한 표정을 짓고 있던 진양도 이젠 별수 없는 듯, 날 뛸 생각은 포기하고 얌전히 그 순간을 즐겼다.

누군가가 본다면 사저와 사제 사이를 오해를 받을 것 같았지만, 뒤통수에서 느껴지는 감각이 나쁘기는커녕 워낙 좋은지라 진양도 얌전히 앉아 움직이지 않았다.

"사저."

"응?"

"원주 업무는 힘들지 않으세요?"

"괜찮아. 전혀 힘들지 않단다."

딱히 거짓을 말하는 것 같지는 않다.

하기야, 자신의 사저는 어릴 적부터 무에 대한 천부적인 재능뿐만 아니라 머리도 비상하여 모든지 일을 척척 해낸 편이라서 걱정할 필요는 없었다.

"왠지 죄송하네요. 원래라면 제가 해야 할 일이었는데……."

"그게 무슨 소리니?"

"원주의 업무요."

무당에서는 구시대적인, 아니 남자우월주의에 대한 인식은 다른 곳보다 적은 편이었지만 그래도 아예 없는 건 아니다.

예를 들어 제자가 사부의 직책과 업무를 인계받을 경우

는 당연히 여자가 아니라 남자가 이어받는 편이었다.

청솔만 해도 그를 처음 제자로 삼을 때, 다음 대 원주로 삼을 생각이었다.

그러나 진양이 무에 대한 두각을 보이고, 무룡관에 들어간 직후 흥미까지 보이자 그 대상은 진연에게로 바뀌었다.

그 때문인지 그는 사저가 자기를 대신하여 억지로 후인으로 지목된 것 같아 미안한 마음을 갖고 있었다.

"떽!"

진연이 목을 두르고 있던 팔에 힘을 주었다.

"그런 생각을 하면 아무리 너라고 해도 이 사저는 화낼 거란다? 난 딱히 널 대신한 게 아니란다. 내가 무도를 그만둔 이유가 어떤 건지 너도 알고 있잖니?"

당시 고금 아래 천재라고 각광받았던 진연이다.

장문인은 물론이고 장로진에게 기대를 받았다.

주변에서는 여자의 몸으로도 괜찮으니 이대로 무공을 성실이 수련하여 좋은 무인이 되기를 원했다.

그렇지만 정작 그 장본인은 전혀 아니었다.

그녀는 스승과 같은 길을 걷고 싶었다.

"양아, 넌 내가 어쩌다 무당에 온 건 알고 있니?"

"자세한 사정은 모르지만 저처럼 부모님을 잃고, 사부님께 거둬진 걸로 알고 있어요."

진연은 사제의 대답을 칭찬하듯 그의 어깨를 감싼 손을 움직여 토닥였다.

"잘 알고 있구나. 거기서 좀 더 자세하게 말하자면 말이야……."

사저는 손자에게 옛날이야기를 들려주는 할머니 마냥 자신의 과거를 그에게 들려주었다.

진연은 천애고아였다.

진양과 달리, 그녀는 친부모가 누군지도 몰랐다.

그는 어릴 적에 마을에서 살다가 산적에게 습격을 받아 일가친척이 멸족을 당하고 마침 근처에서 산적을 소탕한 청솔에 눈에 띄어 제자로 들어갔다.

허나 진연은 조금 사정이 다르다.

흐릿한 기억에 의하면 진연은 어릴 적에 거지들이 모여 있는 밤거리에 탯줄도 제거되지 않고 버려졌다한다.

그래도 다행히 마음씨 고운 늙은 거지에게 우연히 발견되어 그 손에서 자랐다한다.

하지만 네 살 무렵, 부모 역할을 하던 늙은 거지는 먹을 것을 구하려고 도둑질을 하다가 재수 없게 걸려 매를 맞아 그 자리에서 절명했다 한다.

부모나 다름없는 사람을 잃은 진연은 슬픔에 빠져 절망하였으나, 안타깝게도 슬퍼할 시간이 없었다.

보호자도 함께할 벗도 없으니 먹을 것을 대신 구해 줄 사람이 없다. 죽지 않으려면 어떻게 해서든 나가 먹을 것을 구해 굶주린 배를 채워야했기 때문이었다.

이후에 이름 없는 거지 소녀는 길거리를 헤매며 어떻게 해서든 배를 채웠다.

그렇게 하루하루 연명하던 도중, 그녀 역시 자신을 키워 준 늙은 거지처럼 도둑질을 하려다가 매를 맞고 비명횡사할 뻔했다.

"그때는 꼼짝없이 죽을 것이라고 생각했지. 그러나 마침 그 주변을 돌아다녔던 사부님이 날 구해 주셨어. 난 영영 그 일을 잊지 못할 거야."

당시 사람에 대한 불신으로 가득 찼던 자신이다. 청솔이 구해 주었지만, 은인조차도 믿지 못하고 자상한 손길을 건네는 청솔에게 달려들어 마구 공격하고 날뛰었다.

"난 그때 불경스럽게도 사부님이 날 강간할 줄 알았단다."

딱히 흔하지 않은 일은 아니다.

예전도 그렇고 지금도 그렇지만 중원에는 이상성욕자가 많다. 그중에는 아직 월경도 오지 않은 어린 여자아이를 강간하고 성욕을 채우려는 놈들도 많았고, 실제로 어릴 적에 알고 지내던 몇몇 여아들이 강간을 당해 죽는 일도 빈

번이 일어났다.

그러나 누구도 이를 신경 쓰지 않는다.

평범한 부모가 있는 아이들이라면 모를까, 태생도 모르는 더러운 거지는 사람 취급도 받지 못한다.

"하지만 사부님께서는 무당으로 날 데려가 그런 나를 쓰다듬어주면서 자상하게 웃어주시면서, 날뛰는 날 붙잡고 밥을 먹여줬지. 난 아직도 그 맛을 잊지 못해."

돌처럼 딱딱하고, 차디찬 음식이 아니다.

오물이 뒤섞인, 차마 넘기기도 힘든 국도 아니었다.

돼지 뼈로 우려낸 따뜻한 국.

빵빵하게 소를 넣어 막 찐 따끈따끈한 만두.

"사부님께서 해 주신 요리를 정신없이 먹고, 그대로 잠이 들어서 이튿날 일어났을 때 난 정말로 안도했단다."

만약 꿈이었다면 그보다 더한 악몽은 없었으니까.

처음으로 맛이라는 걸 알았다.

처음으로 따뜻함이라는 걸 알았다.

"그래서 난 사부님 같은 사람이 되고 싶단다. 누군가의 배를 채워주고, 누군가를 행복하게 해 주고 싶어. 만약 내가 손수 만든 음식으로 웃고, 좋아하고, 나와 같이 행복감을 느낀다면 더할 나위 없을 거야."

"사저……."

"보이진 않지만 울 것 같은 얼굴 하고 있지? 그러지 않아도 이 사저는 괜찮단다. 그러니까 다시는 억지로 원주의 일을 하고 있다고 하면 안 돼? 난 설사 장문인이나 장로직을 준다 해도 조리원의 원주에서 벗어나지 않을 거란다. 이게 나의 길(道)이란다."

"네, 사저."

＊　　＊　　＊

"흥. 소미 그 계집애는 정말 쓸모가 없어."

여화는 바람을 넣은 볼을 빵빵하게 만든 채로 약간의 짜증을 부리면서 발걸음에 힘을 가했다.

그녀가 둔부를 양옆으로 흔들며 걸을 때마다 주변의 젊은 도사들은 도호를 외며 시선을 얼른 피했다.

"꿀꺽, 저거 여화 아니야?"

"히야, 저 언제나 생각하지만 어린 나이에 제법……."

사용인, 그중에서 남자들이 눈을 떨어뜨리지 못하고 노골적인 눈으로 여화를 뒷모습을 쫓았다.

여화는 무당의 사용인치곤 그다지 바람직하다고는 할 수 없다. 젊은 도인들의 시각을 자극할 정도로 몸매가 나름 좋은 편인 데다가, 얼굴도 대단할 정도는 아니지만 그럭저럭 예쁜 편이었다.

"하아……."

정작 본인은 시선에 익숙했는지 그다지 신경 쓰지 않고, 어느 한 곳에서 멈춰 서서 발을 동동 굴렸다.

'들어갈 수도 없고, 정말 곤란하네.'

여화가 멈춰 선 장소는 조리원주의 집무실 앞이었다.

사용인 중에서 발군의 미모와 몸매를 자랑하여 인기 있는 그녀 또한 사모하는 남자가 있다. 현(現) 조리원주의 제자인 태극권협 진양이다.

여화는 무당에 들어온 지 제법 되기에, 그를 처음 본 것도 제법 시간이 되는 편이었다.

그녀는 부모님이 약초꾼이다 보니, 어릴 적부터 일을 도와 약초를 보는 눈이 제법 있었다. 덕분에 의단궁의 시동으로 고용됐고, 궁주인 선몽에게 운 좋게 눈에 띄어 전속 시녀로 전담을 받았다.

그러던 어느 날.

평소의 업무와 다르게 조금 특별한 임무를 받게 된다.

"여화야, 네가 할 일이 있다."

"예, 궁주님."

무당파가 위치한 장소에서 한적하게 떨어진 외곽 측에는 자유 수련을 허가받은 이들이 연공하는 수련동이 있는데, 당시에 어떤 제자가 장서각주 선오와 수련을 한다는 소식 때문에 금창약이나 붕대 등 기초적인 의료 도구를 넣어야하는 일이 생겼다.

당시에도 여화는 시동 중에서 제법 지위가 높은 편인지라 의단궁 소속의 여유가 있는 아이에게 시켜도 됐지만, 애석하게도 약을 복용하거나 사용법 등을 설명해 줘야 해서 별수 없이 여화가 가야만했다.

그리고 여화는 그 수련동에서 지금 사모하고 있는 진양과 처음으로 대면하게 된다.

"지금도 멋지시지만, 그때도 정말 멋있으셨지."

여화는 하아아, 하고 사랑에 빠진 얼굴로 깊게 숨을 들이쉬었다가 내쉬었다.

첫 만남은 솔직히 대단한 건 아니었다.

진양에게 상황에 따른 의료도구의 사용법을 가르쳐 주고, 약간 수발을 들어주었을 뿐이었다.

그렇지만 여화는 그를 보자마자 사랑에 빠졌다.

딱히 잘생긴 얼굴은 아니었다. 또래의 아이들보다 신장이 조금 클 뿐, 특별히 멋있지도 않았다.

그러나 눈동자를 보자마자 그 생각이 바뀌었다.

호수처럼 맑고 잔잔한 눈동자.

여타 무식한 남아들에 비해 성숙한 정신.

그리고 땀방울을 송골송골 흘리며 연공하는 모습은 마치 영웅소설에서나 나올 법한 주인공으로 비춰졌다.

게다가 눈동자뿐만 아니라, 시녀라고 딱히 아래로 보지 않고 예법을 하나하나 차리며 정중하게 대해 주는 모습을 보다 보니 마음이 확 넘어가 버렸다.

이후, 여화는 그대로 사랑의 포로가 되어 사모하는 마음을 간직하게 됐다.

'하아. 공자님께서는 나오지 않는구나.'

여화는 우수에 찬 눈빛으로 문을 멍하니 바라봤다.

집무실 앞에서 서성이던 것도 어언 반 시진.

그러나 사모하는 분은 나올 생각을 하지 않는다.

그 때문에 상사병에 걸린 적도 여러 번이다.

진양처럼 무당파에서 보기 힘든 사람도 몇 없다. 과거, 수련동을 들락날락할 때는 떨어진 약을 채워야한다는 구실이라도 있었지만 지금은 아무것도 없다.

덕분에 그를 언제든지 볼 수 있는 소미만 보면 괜히 질투가 나고 울화통이 터졌다. 그래서인지 소미만 보면 심술이 나서 가끔씩 그녀를 괴롭히곤 했다.

정말 부러운 노릇이었다.

'오늘은 보기 힘들까?'

얼굴만 보면 소원이 없으련만. 참으로 아쉬웠다.

별수 없이 발걸음을 돌려 의단궁으로 다시 되돌아가려 했을 때, 굳게 닫혀 있던 문이 드디어 열렸다.

"아……!"

당장이라도 울 것 같은 얼굴이 급변하며, 여화는 환한 웃음을 입에 가득 안고 몸을 제자리로 돌렸다.

그런데.

"혹시 무슨 볼일이라도 있니?"

"윽!"

여화가 다시 울상으로 되돌아가며 몸을 숙였다. 문을 열고 나온 사람이 그토록 원하던 진양이 아니라, 그의 사저인 진연이었다.

'칫! 왜 하필 이 사람이 나온 거야?'

여화는 마음에 들지 않은지 속으로 가볍게 툴툴 거렸다.

진연.

여화가 유일하게 이길 수 없는 여자다.

성품이면 성품, 얼굴이면 얼굴, 몸매면 몸매. 신분이면 신분 등 여자로서 조목조목 따져 봐도 여화가 이길 수 있는 것이 하나도 없다.

"그, 그그그, 그그그그그게!"

너무 당황해서 그랬을까.

말을 심하게 더듬으며 떠는 여화였다.

"흐응······."

진연이 눈을 가늘게 떴다. 물론 남들이 겁을 먹지 않게, 평소의 웃는 얼굴이었지만 묘하게 압박감이 느껴졌다.

게다가 시선의 방향은 자신의 가슴으로 향했다.

"왜, 왜 그러시죠?"

여화가 당황하며 가슴을 팔로 가렸다.

"그건 내가 물어봐야겠는 걸. 조리원에 혹시 어떤 볼일이라도 있는 거니?"

"아, 아뇨······ 특별한 건 아니고 혹시 소미가 여기에 있나 싶어서······."

여화는 본능적으로 이 여자에게 사실대로 말해선 안 된다는 생각이 들었다.

"어머, 소미를 보러 온 거였구나?"

방금 전까지 경계가 가득 실린 눈으로 쳐다보던 진연이 금세 딱딱한 분위기를 풀고 부드럽게 웃었다. 그 미소를 보니 천하의 여화도 입을 벌린 채 멍하니 있었다.

괜히 사용인들, 아니 무당파에서 선녀라고 불리는 것이 아니다. 그녀가 웃으면 주변의 분위기가 절로 살아나면 굳게 닫힌 꽃봉오리도 활짝 필 것 같다.

"소미는 사부님의 수발을 들러 잠시 자리를 비웠단다. 나중에 네가 찾아왔다고 전해 줄 테니, 이름을 가르쳐 주지 않겠니?"

"여……."

여화는 솔직히 답하려다가, 곧바로 입을 다물었다.

말꼬리에 '화'라고 붙이려고 했는데, 눈앞에 선녀가 악녀로 변해 순간 서릿발 같은 위엄이 실렸기 때문이다.

"……수요. 여수예요."

"여수? 얼굴처럼 예쁜 이름이구나."

'어라, 내가 왜 거짓말을 한 걸까?'

자기 스스로도 모를 정도로 혼란에 빠진 여화였다.

"그럼 나중에 보자꾸나. 소미에게는 꼭 전해 줄 테니 걱정 말렴."

"네에……."

여화는 풀 죽은 얼굴로 별수 없이 돌아가려했다.

"응? 이 목소리 어디서 들었나 싶었는데…… 여화잖아? 무슨 일이니?"

그때였다.

가문 땅에 단비마냥 그토록 그리워하던 목소리가 여화의 청각을 자극했다. 문 앞에 선 진연의 뒤로 진양이 오랜만인 듯, 조금 반가워하는 표정으로 서 있었다.

'정말 오랜만이네.'

알다시피 진양은 별로 사교적인 사람은 아니다.

무당파에서 오랫동안 지내온데도 불구하고 알고 지내는 사람들이 별로 없다 보니, 지인을 만나면 기본적으로 반가워하며 좋아했다.

선극에게서 양의신공을 전수받을 무렵에는 선화에서 몇 번 신세를 지곤 했다. 초식 수련을 하다가 조금 다치기라도 하면 득달같이 달려와서 금창약을 발라주었다.

그 외에도 벽곡단만 먹으면 건강에 좋지 않다며, 신기하게도 진연이 오지 않을 때에 맞춰 식도락을 싸왔다.

"거기에 있지 말고 안으로 들어…… 음? 괜찮니? 안색이 좋지 않잖아."

바깥에 세워두는 것도 좀 그래서 안으로 들여보내려 했는데, 여화의 얼굴이 시체처럼 창백하게 질렸다. 꼭 귀신이라도 본 듯한 얼굴이다.

"혹시 어디 아프……."

"괘, 괘, 괜찮아욧! 실례했어요!"

여화가 기겁한 기색으로 허리를 깊이 숙이더니만, 할일이라도 생겼는지 어딘가를 향해 달려 나갔다.

그녀의 뒷모습을 눈으로 좇으며, 진양은 이상한 듯 머리를 갸웃했다.

"이상하네. 원래 어떤 일이 있어도 점잖은 아이였는데…… 어디 아픈 걸까?"

"글쎄에. 이 사저는 잘 모르겠구나."
눈웃음을 짓는 진연이었다.

第九章

금의위(錦衣衛)

　안개로 둘러싸인 산의 초입(初入) 부근.

　여인 한 명과, 일곱 명의 사내들로 이루어진 한 무리가 산을 오르고 있다. 다만 딱히 햇빛이 강한 것도 아닌데 다들 죽립(竹立)을 써서 얼굴이 잘 보이지 않는다.

　특히 홍일점인 여인은 죽립에 면사포(面紗布)까지 붙어 있어, 눈앞에서 봐도 얼굴을 확인할 수 없어보였다.

　"후우. 무당산이 험한 편이라고는 들었지만 이정도 일 줄은 몰랐군. 도저히 끝이 보이질 않는구나."

　면사포의 여인이 질린 듯 중얼거렸다. 이에 곁에 있는 사내가 한 발자국 나서서 공손히 말했다.

"무당산은 칠십이봉(七十二峰)과 삼십육암(三十六岩), 그리고 이십사간(二十四間)으로 이루어져 있다 합니다."

"흠, 사전에 공부를 해 두라고 했더니 확실히 알아왔구나. 잘했다."

여인은 남성스러운 어투로 흡족하게 웃었다. 그러자 무당산에 대해서 설명했던 남자는 황공하다는 듯이 허리를 살짝 숙여 감사인사를 전했다.

"오르면 오를수록 산의 정기가 확연히 느껴지는군. 내 듣기론 무림에서 무당파는 남존무당이라 칭하던데, 괜히 그렇게 부르는 것이 아니다. 여기에서 무예를 꾸준히 단련하다 보면 내공을 보다 빨리, 그리고 많이 쌓을 수 있을 것이다."

"저희들 역시 동감입니다."

일곱 명이나 되는 사내들이 머리를 위아래로 흔들어 그 말에 긍정했다.

"이런 환경에서 살아왔다면 무당파는 생각보다 굉장할 것이 분명하다. 이 먼 호북 땅까지 온 보람이 있었구나."

여인이 만족한 듯, 면사포 아래에 언뜻 보이는 입가에 진한 미소를 그려냈다.

그녀의 말을 끝으로, 일행은 발에 더더욱 힘을 업고 등산하는데 집중했다. 가파른 언덕이 끝없이 펼쳐지고, 오르면 오를수록 기압이 높아져 숨이 턱턱 막혀올 법도 했지만 그들은 딱히 힘들어 보이지 않았다.

"음. 안개인가."

여인이 침음을 흘리며 주변을 슥 둘러봤다.

환하게 비춰졌던 시야는 어느새 주변이 안개로 둘러싸여 잘 보이지 않는다. 그렇지만 딱히 당황하지는 않았다.

무당파가 안개가 둘러싸인 봉우리 사이에 있다는 건 누구나 다 아는 사실이었다. 도리어 안개가 나타나지 않았더라면 길을 잘못 들었다며 당황했을 것이다.

"무당파가 보입니다!"

약 반 시진 정도를 그렇게 한참을 올랐을까, 사내 중 하나가 눈을 빛내며 한쪽을 가리켰다.

안개로 둘러 싸였지만, 입구에 도착하면 다른 세계인 마냥 안개가 결코 나타나지 않는다는 장소.

무당파였다.

＊　　　＊　　　＊

금의위(錦衣衛)

명나라 때 황성과 수도의 호위를 위해 설치한 금위군(禁衛軍)로서 의란사(儀鸞司)를 폐하는 대신 친군지휘사(親軍

指揮司)에 설치했다.

훈공(勳功), 혈연관계가 있는 도독(都督)을 장관으로 두고 남북의 두 진무사(鎭撫司) 십사소(十四所)를 통할한다.

황제의 거둥 때 의장(儀仗), 궁정 수호, 경성 안팎 순찰, 죄인 체포, 신문 등을 담당했다.

또 따로 조옥(詔獄)을 두어 형부(刑部)의 법률절차를 밟지 않고 투옥할 수 있는 전권을 가진 막강권력 부대다.

병권(兵權), 형권(刑權)을 모두 가진 황제의 수족(手足)으로 권력을 맘대로 발휘하는 군대.

또 동창(東廠)과 서창(西廠), 그리고 내행창(內行廠)을 더불어 명나라 시대 최고의 권력 기관이다.

쉽게 요약하자면 황제 직속의 군대이며, 동시에 관부(官府)에서 누구도 이길 수 없다는 무력 집단이었다.

'그 금의위가 무슨 일이지?'

하늘 아래, 절대 고수 여덟 명이라 불리는 무당일장 선극도 얼굴에 잔뜩 힘이 들어가 풀 생각이 없었다.

불안해하고 있는 건 선극뿐만이 아니다.

내부의 양옆으로 나열한 장로들 또한 불편, 불안, 의혹 등 좋지 않은 감정을 살짝 내보이고 있었다.

능구렁이라 불리며 내로라하는 선오조차도 마치 돌처럼 굳어져 버린 얼굴을 풀지 못한다.

하기야, 그들이 이러는 것도 당연하다.

관부와 무림은 서로 소 닭 보듯이 쳐다보며 서로의 일에 관여하지 않는데, 관부. 그것도 최고 권력 기관 중 하나가 찾아온 것은 보통 일이 아니었을 것이라 판명됐다.

지금으로부터 약 반 시진 전.

정마대전 관련 일로 바쁘게 업무를 보고 있던 선극은 스스로를 금의위로 칭한 자들의 방문 소식에 화들짝 놀라 얼른 귀빈들을 데려왔다.

"반갑소. 제가 바로 무당파의 십대(十代) 장문인인 선극이라 하외다. 실례인 것은 알고 있지만, 혹시 금의위라는 증거를 보여줄 수 있겠소?"

"무엄한!"

죽립을 무릎 위에 둔 금의위가 눈을 붉히며 자리에서 벌떡 일어났다. 당장이라도 검을 빼어 들 기세였다.

"어허."

면사포 여인이 손을 슥 들어 금의위를 제재했다.

그러자 금의위는 송구하다는 듯, 머리를 숙이곤 다시 제자리에 앉았다. 손짓 한 번에 명령을 따르게 하는 걸 본 선극의 눈에 이채가 서렸다.

'저 소저는 대체 누구인가? 천하의 금의위를 수족 부리듯이 하다니.'

황제의 근위군인 금의위가 명령을 따르는 자는 몇 없다.

금의위는 군부에서조차 기관이 따로 분리되어 있기 때문에, 황제의 친 혈육이거나 금의위의 상관이 아니라면 결코 따르지 않는 편이었다.

"수하의 무례를 부디 용서해 주십시오. 내 장문인의 말은 이해하고 있으며, 문제도 없습니다."

면사포 여인은 말을 끝내자마자, 품 안에 손을 넣어 딱히 신분 패를 꺼내거나 하지는 않았다. 대신에 긴 소매를 걷고 손을 머리 위로 올려 죽립을 잡았다.

'손이⋯⋯?'

장로진의 눈에 이채가 어렸다.

분명 여인이거늘, 그 손이 이상했기 때문이다.

피부 자체는 백옥 같다 할 정도로 희다. 다만 묘한 것이 손이 평범한 여성과는 달랐다. 손바닥은 굳은살로 가득하고, 그 외에도 무언가 베인 듯한 상처 자국투성이다.

'저 여인은 설마⋯⋯.'

선극이 무언가 떠올린 듯 눈을 가늘게 떴다.

그리고, 여인은 면사포를 벗어 무릎 위에 올려두었다.

"헉!"

"무, 무슨!"

장로진들이 경악을 금치 못했다.

"색목인(色目人)……?"

죽립 안에 숨겨두었던 풍성한 머리칼이 흘러내려 척추 부근을 넘는다. 다만 그 색은 눈부실 정도로 환히 빛나는 금색이다.

옆에서 보면 그 두상(頭狀)은 중원인과 전혀 달랐다.

중원인은 두상의 곡선이 완만하지만 색목인은 그에 비해 동그랗고 뒤가 튀어나와있다.

또 중원인은 미간과 코, 턱의 골격이 부드러운 곡선을 이루지만 색목인의 이목구비는 이마, 눈, 코, 입, 턱 등이 확실한 골격을 갖추고 있으며 단단하고 뚜렷해 보였다.

살결은 백옥같이 희고, 남들보다 작은 머리에 딱히 얼굴을 꾸미지 않았는데도 한 것처럼 아름답다.

얼굴을 보면 사람이 아니라 장인이 혼신의 여력을 다해 조각한 석상같이 완벽한 균형을 이룬다.

분위기 또한 범상치 않았다. 딱히 색목인이라서 그런 건 아니고, 몸 주변에서 주변을 압도하는 느낌이 묻어났다.

그리고 색목인인 결정적인 증거인 벽안(碧眼).

보기만 해도 몸이 움츠려 질 정도로 기개 있는 푸른 동공. 또 주변을 얼릴 것만 같이 차디찬 기색도 흐른다.

연령대는 이십 대 중반으로 추정되며, 전체적인 감상을 내보면 얼음장처럼 차가워 보이며 가만히 있어도 주변을 휘어잡을 만한 장군의 느낌이 묻어났다.

"벽안검화……."

선극이 자기도 모르게 중얼거렸다.

"부끄러운 별호를 알고 있다니 영광입니다. 금위군에서 정육품직(正六品職) 백호(百戶)인 서교(西巧)라고 하외다."

서교의 입가에 진한 미소가 번졌다.

벽안검화(碧眼劍花) 서교(西巧)

중원을 통틀어 유명한 여인을 꼽자면 일순위로 지목당하는 사람이 바로 벽안검화 서교다. 선선미호 백리선혜도 손에 꼽을 정도로 유명하지만 서교 앞에선 태양 앞에 반딧불이나 다름없다.

보다시피 서교는 중원인이 아니며, 그렇다고 중원 주변의 새외에서 온 것도 아니다. 이름을 들어본 적이 없을 정도로, 전혀 다른 인종인 색목인이었다.

그녀가 유명한 연유는 색목인이라는 것도 있었지만, 그게 다는 아니다. 색목인이 희귀한 건 맞고, 명나라 시대에선 평생 한번 보기도 힘들 정도지만 그것만으로 중원 전체에 알려지긴 힘들다.

서교의 명성이 높은 건 천자(天子)로 불리기도 하는 명나라의 황제의 처제이기 때문이었다.

황제는 무소불위의 권력자답게 정실 외에도 후궁이 세 자리 수를 넘는다. 그리고 이번 대의 황제는 특이하게도 미모의 색목인을 후궁으로 들였다.

벽안검화 서교는 그 후궁의 여동생이었다.

'허. 벽안검화가 태생만 다르지 중원인이라고 하더만, 정말 그 말대로군. 중원의 말을 유창하게 쓰고 있어.'

선오가 살짝 감탄하는 기색을 보였다.

서교에 대해 수많은 일화 중 하나가 있는데, 그녀는 웃기게도 고향의 말을 전혀 하지 못한다는 것이었다.

이는 서교가 고향에서 언어를 배우기도 전에 언니와 함께 중원으로 이주하여 황궁에서 자랐다보니 그렇다.

또한 고향의 말을 배울 필요성이 특별히 없었다.

황제의 후궁인 언니에 말에 의하면 아버지는 객사하였으며, 어머니는 본래 몸이 약했던 데다가 남편의 죽음을 듣고 병에 걸려 시름시름 앓다가 죽었다고 한다.

그러다 보니 친족이라 해봤자 언니와 황제뿐이다.

게다가 언니나 서교의 본래 이름 또한 황제가 부르기 힘들다는 이유만으로 개명하게 됐고. 언니도 알고 지낸 고향 사람이 딱히 없었는지라, 미련 없이 고향의 언어를 포기하고 타지에 익숙해지기 위해서 중원의 말을 배웠다.

동생인 서교 또한 그랬고, 고향을 보고 싶다는 등의 향수병에 젖지도 않았다.

즉, 요약하자면 생김새만 색목인일 뿐이지 고향의 언어와 문화를 전혀 모르는 중원인이다.

'그래. 금의위에 딱 한 명 여인이 있었지.'

벽안검화라는 별호에 알 수 있다시피 서교는 황궁에서 자라며 어릴 적부터 무예에 큰 두각을 보였고, 후궁의 여동생이라는 이유를 이용하여 황궁의 무예를 전수받았다.

그리고 약 십 년 동안 빠짐없이 무예에 성실하게 임하다 보니 서교는 최고의 권력기관 중 하나인 금의위에 들어가 스무 명의 군관밖에 없다는 백호의 관직을 받았다.

당연한 이야기지만 관직을 받을 때는 당시 수많은 신하들에게 반발을 샀다.

안 그래도 온갖 권력 투쟁이 가득한 황궁이다.

그런데 뜬금없이 후궁의 여동생이 나타나서 최고 권력기관 중 하나인 금의위에서 정육품에 올랐다. 반발이 없으면 더 이상하다.

처음엔 벽안의 요상한 꼬맹이가 뭔 짓을 하건 간에 관심이 없었다.

일단 벽안후궁(碧眼後宮)으로 유명한 서후(西逅)는 중원의 말을 알긴 했지만 어려운 단어는 모르고, 자연스러운 대화도 힘든 편이었다.

지금에 와서는 열심히 공부해 황제가 잠자리 정도는 그 럭저럭 대화한다고는 하나, 그 정도까지다.

게다가 아는 사람이라곤 황제밖에 없으니 그녀의 편을 들어줄 사람이 없다. 신생 세력을 만들려고 해도 대화가 제대로 이루어지지 않으니, 불가능하다.

게다가 황제는 서후를 후궁으로 들이는 조건으로 약속 을 했다. 아이를 임신시키지 않는다는 약조였다.

당연한 이야기지만 이 시대에서 황가나 왕가의 피는 중 요하다. 특히 중세에서는 고귀한 피를 더럽혀서는 아니 된 다며 근친도 마다하지 않았다.

명나라는 유교나 도교 때문에 다행히 근친을 행하지는 않는 편이었지만, 그래도 천한 신분을 후궁으로 받는 건 금지됐다. 당연히 오랑캐는 아니지만, 그래도 전혀 다른 인종의 아이를 낳을 수도 없었다.

즉, 서후에게는 안타까운 일이나 결코 황제의 자식을 임 신할 수 없었다. 만약 임신했다간 목숨을 보장할 수 없다 고 전에 단단히 들었기 때문에, 그녀도 이를 중요시여기고 있었다.

다만 서교의 경우는 다르다.

당시에 서교는 누군가와 혼례를 이루지 말라, 혹은 아이를 낳지 말라 라는 약조가 존재하지 않았다. 그녀는 너무 어렸을 뿐더러, 그때 중요한 건 서교가 아니라 서후였다.

그러다 보니 신경을 껐는데, 정신을 차리고 보니 서교는 황궁에서 전해져 내려오는 무예를 배우고 금의위가 됐다.

사건이 터지자마자 수많은 신하들이 득달같이 달려와서 목 놓아 울었다.

황제는 골치가 아파왔다.

딱히 서교를 다른 후궁보다 아끼는 편인 서후의 여동생이라서 관직을 내려준 건 아니다.

서교는 실제로 실력이 제법 괜찮았고, 공도 세웠다. 한 번은 신경이 쓰여서 군부의 몇몇 인물에게 물어보니 진심으로 후에 나라에 도움이 될 인재가 될 것이라는 칭찬을 들었다.

주변의 정보를 수집하고, 서교에 대한 평을 꼼꼼히 살펴본 뒤에 나라를 위해 일하라고 관직을 하사했지만, 황실에 타국 출신의 여자가 높은 관직에 오르면 큰일이라며 난리치는 놈들 때문에 어찌할 수가 없었다.

황제의 권력은 당대 최고라 불리긴 하지만, 그렇다고 뭐든지 혼자 멋대로 할 수 있는 건 아니다.

게다가 서교의 일은 중요한 일도 아니니 어쩔 수 없이 더 이상 황궁의 무예를 배우는 것을 제재하고 관직 또한 백호에서 고정하겠다는 명을 내렸다.

아쉽지만 반대가 워낙 많으니 어쩔 수 없었다.

장본인인 서교도 딱히 황제의 결정에 불만이 없었다.

더 이상 황궁의 무예를 공부할 수 없다는 것이 조금 아쉽지만, 만약 권력 투쟁에 휘말린다면 목숨을 연명할 수가 없다. 황궁 내에 세력이 없다는 것이 얼마나 무서운 건지 똑똑히 알고 있는 서교다.

게다가 현실적으로 불가능한 걸 손에 넣겠다고 욕심을 부릴 정도로 머리가 아둔하지도 않았다.

대신 서교는 황제에게 한 가지 부탁을 청했다.

더 이상 황궁무고(皇宮武庫)에 진입할 수 없게 됐으니, 중원 무림에 나가 무학을 공부할 수 있게 허가해달라는 청이었다.

이에 황제는 어렵지 않은 일이라며 승낙했다.

주변 관료들도 좋아했다. 비록 별다른 세력이 없긴 하지만, 그래도 황제가 아끼는 후궁의 처제인 데다가 무소불위의 권력을 자랑하는 금의위여서 이번 일에 원한이 삼은 것 아닐까 싶어 불안했다.

황궁에서 얼굴을 맞대면 서로 찜찜하고 불편한 기분이 들기 때문에, 그러는 편이 좋았다.

"예로부터 무예에 관심이 있어, 황궁무예와는 다른 걸

겪고 배우고자 왔습니다."

서교는 구구절절하게 자세한 사정을 설명하지는 않았다. 딱히 할 필요도 없을뿐더러, 괜히 말했다가 헛소문이라도 퍼지면 곤란하다. 그때는 정말로 언니나 자신이 위험해질지도 몰랐다.

"겪는 건 그렇다 쳐도, 배우겠다 함은⋯⋯."

"무당의 무학을 가르쳐 주길 바랍니다. 물론 그렇다고 비전이나 절기 등을 가르쳐 달라할 정도로 몰상식한 사람은 아닙니다."

보면 볼수록 익숙해지지 않는 말투다.

사내도 아니거늘 마치 남자인 마냥 자연스럽게 쓰고 있다. 게다가 서교는 무가의 여식도 아닐뿐더러, 무림인조차도 아니다.

엄연히 황실 사람인 것이 분명하니 예법을 배웠을 텐데, 왜 말투가 저런지 이해할 수 없었다.

그렇다고 대놓고 천하의 금의위이자 황제의 처제가 되는 귀빈에게 '말투가 이상해서 듣기 거북하니 고쳐라.'라고 할 수도 없는 노릇이다.

"그렇다면 딱히 상관은 없을 거요. 허나 그렇게 되면 백호께서는 당분간 무당파에서 지내야 할 텐데, 상당히 불편하실 거외다."

"괜찮습니다. 저야말로 머물게 해 달라고 부탁할 생각이었습니다. 금의위나 되는 이들이 거리를 걷고 있다 보면 백성들도 불편할 것이고, 현령의 눈에 잡혀서 괜한 문제를 일으켜서 그렇습니다."

'어휴. 저 밉상 맞을 년. 우린 백성이 아니더냐?'

장로진은 대부분 비슷한 생각을 했다.

불편한 건 무당도 마찬가지다. 아무리 남존무당이라 하여 중원 무림에서 높은 위치이며 구파일방 중 하나라곤 하나 그렇다고 팔십만 군사를 지니고 있는 황제의 호위, 금의위와 견줄 정도는 아니다.

만약 실수를 하게 되거나, 혹여나 시비라도 걸린다면 그야말로 풍비박산이다.

그러나 이런 걱정과는 달리, 장로진은 차마 입 바깥으로 꺼낼 정도로 무식하지는 않았다. 만약 그랬다간 지금도 사납게 노려보고 있는 금의위가 죄다 일어나 날뛸지도 모른다.

"알겠소. 원래 무림의 세력은 관부와 얽히지 않는 것이 강호의 법도지만, 그렇게 부탁하시니 들어주도록 하겠소이다."

"장문인!"

등룡각주 선철이 자리에서 벌떡 일어나 외쳤다.

이에 일곱 명의 금의위 모두가 살기를 내뿜으며 각각 허리춤에 매단 검집에 손을 옮겼다. 조금이라도 허튼수작을 하면 베어 버리겠다는 확고한 의지였다.

분위기가 좋아지지 않자, 선극은 눈살을 찌푸리며 가볍게 발을 굴렀다. 무당일장이 손이 아니라 발을 휘둘렀는데도, 신기하게 대해와 같은 공력이 파도처럼 쏟아지면서 살기를 죄다 흐트러뜨렸다.

'과연 무당일장인가.'

서교는 전율하며 눈을 가늘게 떴다.

그녀는 천생 무인이다. 예전부터 무학에 대한 공부의 열정도 대단했지만, 누군가와 싸우는 것도 특히 좋아했다.

금의위에서 딱히 경지에 대한 별칭은 없지만, 그래도 따진다면 무당산에 함께 오른 일곱 명은 최소 절정이다.

그리고 서교 본인 또한 무위만으로 보자면 절정이었으며, 어릴 적부터 황실에서 영약을 제법 복용하여 내공만으로 보자면 초절정 중에서도 중위권에 속했다.

"등룡각주, 예를 지키시오. 여긴 싸울 곳이 아니오. 나중에 할 말이 있다면 장소에 맞춰 말하시길 바라오."

선극이 눈썹 하나 흔들리지 않고 말했다.

이에 선철이 뭐라 말을 꺼내려 했지만, 방금 전에 내린 장문인의 명을 떠올리곤 다시 입을 닫았다.

선극은 수면 위처럼 잔잔하고 흔들림 없는 눈동자로 서교를 담아내며 지나가는 어조로 말을 이었다.

"바깥으로 나가면 시동들이 안내할 거요. 제법 괜찮은 숙소를 준비했으니 그곳에서 여장을 푸시오."

"감사합니다, 장문인. 금의위의 백호로서 진심으로 감사를 표하는 바입니다."

서교는 자리에서 천천히 일어나 무릎 위에 올려 두었던 면사가 달린 죽립도 다시 머리에 썼다.

주변을 밝힐 정도로 환한 금발이 깨끗이 사라지고, 쳐다보면 빠져들 것 같은 벽안도 이젠 없다.

장로 중 한두 명이 진귀한 장면을 놓쳐 조금 아쉬워했지만, 자칫 잘못하면 사람을 구경감으로 삼는 것이 되기 때문에 머릿속의 남은 잡념을 지워냈다.

"그럼 이만."

서교는 남은 수하들과 함께 모습을 감췄다.

그리고 기척까지 사라진 것까지 확인하자마자, 선출이 불같이 화를 냈다.

"장문인 대체 무슨 생각입니까? 무림은 관부와 예로부터 서로 간섭하지 않는 것이 규율이었소. 그 규율을 깨드릴 생각입니까?"

"그럴 생각은 아니오. 웬만하면 거절하는 편이 낫지. 허나 공식적으로 황명(皇命)만 내려오지 않았지, 벽안검화가 천자께 허가를 받고 여기에 와 있소. 그걸 거절했다간 분명히 골치 아픈 일이 일어날 거요."

"끙……."

선철이 앓는 소리를 냈다.

선극의 말에도 일리가 있기 때문이었다.

"게다가 관부가 딱히 무림의 일에 참여한 것도 아니오. 정마대전 같이 큰일에 관여한 것이 아니니, 특별한 사고만 내지 않는다면 얌전히 무공을 가르쳐 주고 보내주면 되지 않겠소?"

"장문인의 말이 맞소. 신경이 쓰이긴 하지만, 강호의 일에 직접적으로 관여하는 것만 아니라면 크게 문제될 것도 없지. 천자께서도 바보가 아닌 한 그걸 생각하고 벽안검화의 무당행을 허가했을 터이고."

선오도 장문인의 의견을 긍정했다.

선철은 볼일을 보고 뒤를 안 닦은 듯이 찜찜한 얼굴을 하고 있었으나, 그도 별수 없어서 그런지 딱히 뭐라 하거나 하지는 않았다.

"그럼 문제는 다음이구려. 도대체 누굴 붙여서 벽안검화를 가르칠 생각입니까?"

예산각주 선응이 중요한 질문을 던졌다.

"후우. 그게 걱정이구려."

선극이 미간을 좁힌 채로 한숨을 내쉬었다.

第十章

무공사범(武功師範)

　벽안검화에게 무당의 무학을 가르쳐줄 사람.

　갑작스레 덮친 문제에 장로진은 머리를 싸매고 고민에 빠진 채 서로 의견을 꺼냈다.

　우선, 무위만으로 절정의 경지인 서교를 가르치려면 기본적으로 절정의 무인은 돼야했다.

　구파일방으로 여타 문파와 달리 절정 무인이 여유 있게 있는 무당이니 구하는 것 자체는 어렵지 않다.

　또한 전수할 무학도 일반인에게 공개되는 태극권이나, 혹은 자금만 내면 배울 수 있는 속가 제자의 무공을 가르쳐도 상관없다.

문제는 그다음이다.

무인이란 건 설사 겸손을 미덕으로 해야 한다는 무당파의 도인이라 하여도 자존심이 있는 편이다.

특히 절정을 넘으면 남들에게 무시 받는 걸 극히 싫어하고, 또 자기 나름대로의 주관도 있어서 간섭받거나 아래로 보이는 걸을 싫어한다.

즉, 도인이라 하여도 신분은 평민이기에 금의위는 그들을 자기 아래로 보고 조금 함부로 대하는 편이었다.

태생적인 무인들은 그걸 좋아하지 않아 누구든 간에 기피할 것이고, 설사 붙인다하여도 시비가 붙을지 모른다.

원래는 남들보다 인내심이 강하고, 무당의 입장에서 정치적인 중요성 또한 아는 청곤이 제격이지만 그는 무림맹의 장로가 되어 무당에 없다.

마음 같아선 장로들이 자존심을 굽히고 가르치고 싶었다. 그러나 그들은 기본적으로 한 기관의 수장인지라 자존심을 떠나서 할 일이 많아도 너무 많았다.

또한 사회적인 지위도 있으니, 관부의 인물. 그것도 금의위이자 후궁의 여동생에게 연을 맺었다간 간접적으로 정치적인 관계가 있다고 대놓고 말하는 꼴이다.

관부와 무림은 상관하지 않는다는 것이 강호의 관념이다 보니 차마 그럴 수 없었다.

그렇다면 무당 내에서 지위가 그다지 높지 않고 적절하게 자존심을 굽힐 수 있으며 절정 이상의 제자를 찾아야하는데 이게 쉽지가 않았다.

장로진은 몇몇 인물들을 떠올려 찾아가서 부탁을 했지만 대부분 똥 씹은 얼굴로 거절했다.

억지로 밀어붙이기도 했지만, 하나같이 다들 '금의위와 싸우지 않을 자신이 없습니다.' 라고 하니 억지로 부탁할 수도 없다.

그렇게 하루가 달리하고 장로진의 고민이 깊어질 무렵.

청솔이 선철을 방문했다.

*　　　*　　　*

"사백. 오랜만입니다."

청솔이 선철과 마주 앉아 공손하게 인사했다.

"그래. 그동안 잘 지냈느냐?"

선철은 서교 일로 심적으로 제법 고생한 듯, 눈 밑에 검은 기미가 보였다.

장로진 전체가 고생하고 있지만, 제일 고생하고 있는 건 단연 인재의 등용과 관리를 맡는 등룡각주다.

그는 일과에 문제가 생길 정도로 무당 전체 내부를 수소문하고 있었다.

"벽안검화에 대해 소식은 들었습니다."

"허허."

선철이 허탈하게 웃음을 흘렸다. 이제는 별호만 들어도 머리카락이 곤두설 정도였다.

청솔은 가만히 사백을 쳐다보다가 말을 이었다.

"단도직입적으로 말씀드리겠습니다. 그 일, 제 제자에게 맡기는 건 어떻습니까?"

"연이는 아닐 테고…… 양이를 말하는 게냐?"

"예."

"흠……."

선철은 고민에 빠진 얼굴로 침음을 흘렸다.

그도 진양을 생각하지 않은 건 아니다.

청솔의 제자인 진양은 어린 나이에 절정의 경지를 성취한 뛰어난 무인이다. 게다가 딱히 무당 내에서 특별한 직책을 지닌 것도 아니고, 또 성격도 겸손하여 자신을 낮추는 성격이기에 자존심 문제도 없다.

다만 청솔은 자기 자신 외에도 제자들이 강호의 일 등, 대외적인 사건에 연루되는 것을 좋아하지 않았다.

선철도 이를 알기에 굳이 물어보지 않은 것이다.

헌데 생각 외로 청솔이 먼저 찾아와 말을 꺼내다니.

"표정을 보아하니 그 대신에 나에게 무언가를 부탁할 모양이지?"

"예, 역시 사백이십니다."

청솔이 쓴웃음을 흘렸다.

"허허허. 내 너와 알고 지낸 것이 어디 하루 이틀인지 아느냐? 눈만 봐도 알 수 있다."

선철의 말에 청솔은 딱히 대답하지 않고 침묵을 지켰다.

"그래. 괜히 돌려 말할 필요 없으니 부탁할 것이 무엇이냐?"

"무공사범을 양이가 맡는 대신, 벽안검화와 함께 강호로 출두시켰으면 합니다."

"……과연, 그렇게 된 것이로구나."

그제야 청솔이 어떤 의도로 진양을 무공사범으로 보내려는 건지 이해한 선철이었다.

"이놈아. 네가 제자를 생각하는 건 이해 못 하는 바는 아니다. 허나 너도 알다시피 무림은 정마대전의 일 때문에 신경이 곤두서 있다. 이런 시기에 전력이 되는 아이를 계속해서 빼내려 한다면…… 아무리 너라도 용서받지 못한다."

"……."

사천으로 보내 다시는 오지 않기를 빌었던 청솔.

그러나 제자는 고작 두 달 만에 무당으로 되돌아왔다.

이에 막내 제자가 정마대전에 휘말려 최전선으로 나가야한다는 건 하늘의 뜻인가 하며 거의 포기하고 있었다.

그런데 무당파에 생각지도 못한 귀빈의 방문 소식을 들었다. 벽안검화 서교의 방문이다.

청솔은 서교의 방문 목적 등 자세한 사정을 듣자마자 이거다, 하고 손뼉을 치며 좋아했다.

관부는 무림의 일에 개입하지 않는다.

무림은 관부의 일에 개입하지 않는다.

이점을 이용하여 진양을 서교의 무공사범으로 세우고 황궁이 위치한 북경으로 보내면 정마대전에 참전할 걱정은 없었다. 도리어 무당파에 있는 것보다 안전할지 모르는 일이라, 청솔은 사백을 곧바로 찾았다.

다만 저번에도 말했다시피 제자를 걱정하고 생각하는 건 좋지만, 이와 같은 행위는 월권이며 용서받지 못할 일이다.

선철이 사백으로서 청솔이나 그 제자들을 특별하게 생각하고 아껴서 그렇지, 만약 별다른 관계가 아니었더라면 장문인에게 보고하여 벌을 내렸을 것이다.

청솔은 차후의 일이 알려지게 된다면 벌을 받겠다는 듯, 각오한 얼굴로 입을 열었다.

"어차피 벽안검화가 무당파에 잔류해 있다면 불편한 건 저희지 않습니까? 그렇다면 차라리 양이를 함께 보내는 편이 낫습니다."

"하아……."

"아마 벽안검화도 흔쾌히 승낙할 것입니다. 아무리 권력투쟁에서 밀려난 그녀라고 하여도, 황실의 인물이 북경 바깥에서 오랫동안 있을 수는 없는 노릇이지 않습니까?"

아무리 공식적으로 무당에 온 것이 아니라고 하여도, 정치적인 문제가 아예 발생하지 않는 건 아니었다.

벽안검화나 혹은 장문인이 사정을 설명하여도, 세간에서 보면 언젠가는 무당과 관부가 연결됐다는 소문이 흐르는 것은 어쩔 수 없는 일이었다.

즉, 이러던 저러던 간에 일단은 서교를 설득하여 다시 북경으로 보내는 것이 올바른 선택이었다.

황실의 인물이라는 것은 결코 개인적인 주관을 뚜렷하게 밝힐 수 없다. 신분이 신분이다 보니 서교라는 인간이 아니라, 황실의 사람이라고 취급 받기 때문이었다.

청솔의 말에도 일리가 있었다.

그의 개인적인 욕심으로 자기 제자를 보낸다는 것이 마음에 걸리긴 하지만, 청솔의 의견대로라면 며칠 동안 골치를 떠안고 있는 문제를 단번에 해결할 수 있는 일이다.

"사백. 부탁드리겠습니다. 문제가 생긴다면 책임은 모두 제가 지겠습니다."

청솔이 이마가 땅에 닿을 정도로 머리를 숙여 간청했다.

"……알았다. 내 장문인에게 말해 보도록 하마. 그러나 장문인 또한 네 의도가 어떤 것인지 알게 될 것이다. 양이를 보낼 수 있는지는 장담하지 못한다."

전 황국 숙수인 송직모에게 진양을 보낸 일은 개인적인 일이기도 하고, 당시에는 진양의 입지가 적어서 별다른 말은 나오지 않았다.

하지만 지금은 아니다.

청솔 본인은 조리원주의 업무를 대부분 진연에게 인계하였으며, 옆에서 간간히 보조만 해 줄 뿐이라서 시간이 남는 편이다. 그에 반면 진양은 무당에서 주목받은 신진 고수이며, 정마대전이 언제 일어날지 모르니 웬만하면 보낼 수 없는 큰 전력이다.

바보가 아닌 이상 청솔이 어떤 생각을 가지고 있는지는 다 알고 있을 것이다.

"사백, 이 못나고 어리석은 놈의 청을 받아주셔서 감사합니다. 이 은혜는 잊지 않겠습니다."

"예끼! 이놈, 장담하지 못한다니까?"

"괜찮습니다. 절 엄히 혼내지 않고 부탁을 드려주신 것만 해도 저에게는 크나큰 도움입니다."

청솔이 옅게 웃으며 다시 감사 인사를 전했다.

이에 선철은 부끄러운지 고개를 홱 돌리고 투덜거렸다.

"내 참, 설마 이 돌 같은 놈에게 이렇게 극진한 대접을 받을지는 몰랐다. 제자가 생긴다면 사람이 바뀐다더니, 완전히 팔불출으로 변했어!"

　　　　*　　　　*　　　　*

선철에게 부탁을 청한 뒤, 청솔은 나름 각오를 하였다.

이후에는 제자를 위해서 결코 이기적인 행동을 하지 않겠다고 맹세를 하였다.

한 번이라면 모를까, 이미 두 번이나 죄를 범했다.

이기심도 이기심이지만 더 이상 억지를 부린다면 그건 집착이고, 또 마음의 어둠이 될 터이다. 계속해서 죄를 범한다면 제자를 볼 낯이 없었다.

그리고 삼 일 뒤.

늦은 밤에 청솔은 장로 회의에 참석하게 됐다.

당연한 이야기지만 그는 눈초리를 제법 받아야만했다.

벽안검화의 사안은 가벼운 편이 아니라서, 장문인의 판단 외에도 장로의 의견도 수렴해야 했다.

그래서 장로 회의를 열게 됐고, 선철이 청솔의 청을 전해 주자 그들 대부분이 청솔이 어떤 의도를 가진지 알아챘다.

사제(師弟)간의 정이 아무리 중요하다 하여도, 문파에서 한 기관의 수장이 되는 인물이 사적인 사정을 중요시하면 아니 된다.

게다가 무당의 가르침 중에선 대놓고 속세에 대한 욕심을 버리라고 명제되어 있지 않은가? 청솔이 제자를 사랑한다 하여도 이기적인 욕심은 가져서는 아니 됐다.

원래 규율대로라면 자숙하라는 의미로 형(刑)을 해야 하나, 청솔은 그동안 특별한 문제를 일으킨 것도 아니었고 성실히 조리원주로서 해 왔기 때문에 그 공로를 생각하여 눈을 감아주기로 했다.

"또한, 네가 제안한 바는 이번 사안을 해결할 수 있기 때문에 특별히 허가하도록 하였다. 단, 이후에 또 제자를 생각한다 하여도 그러한 욕심을 부렸다간 엄중히 벌할 것이다."

무림 정파에서 관부에 관한 일보다 골치 아픈 일은 없다. 장문인 뿐만 아니라 장로진 모두가 이번 사태를 어떻게 해야 할지 골치를 썩었는지라, 다들 청솔에 대해 탐탁지 않아 하면서도 승낙하는 분위기였다.

"감사합니다."

장로진에게 공식적으로 인정받은 청솔은 집무실에서 진연을 보조하고 있는 진양을 불렀다.

"사부님, 어쩐 일로 절 부르셨습니까?"

"네게 할 일이 생겼다."

청솔의 말을 듣자마자 진양은 불안해졌다.

하늘같은 스승에게는 사죄해야하는 마음이지만, 그가 자신을 불러 무언가 일이 있다고 하면 대부분 굉장히 성가신 편에 속했다.

그리고 청솔의 입에서 흘러나온 '일'에 대한 이야기를 듣자마자 그 불안은 현실이 됐다.

'보름밖에 되지 않았거늘 또 강호에 출두해야 한다니!'

자질구레한 일이 많은 편이여도 무당산에 기거하는 것이 마음에 편하다. 진양으로서 인생 대부분을 무당산에서 보냈다보니 이곳이 편했다.

게다가 강호에 출두하면 항상 원하건 원하지 않던 어떤 일에 휘말렸다. 마치 운명적인 것 같아, 웬만하면 강호에 나가지 않는 편이 좋았지만 스승의 말이기도 하고 이미 무당파 내부에서 정해진 일인지라 이제 와서 거절하기에도 조금 그랬다.

'금의위라, 머리 좀 아프겠구나!'

현대의 역사 공부를 통해서 명나라 시대의 관료들이 대충 어떤 사고방식을 지니고 있는지 알고 있었다.

게다가 권력투쟁이나 암투 등이 밥 먹듯 일어나는 곳이 관부인데, 북경까지 가야하는 생각만 하면 벌써부터 정신이 아득해졌다.

'날 가르쳐줄 사범은 어떤 사람일까?'

서교는 마음 구석에 새겨진 흥분을 감추지 못하고 기대했다.

방금 전, 장문인에게 기별이 와서 방문했더니만 무공사범을 내주는 대신에 조건으로 북경으로 다시 되돌아가달라는 부탁을 받았다.

명백히 축객령이나 다름없는 말이어서 그녀의 수하들이 '무엄하다!'라며 길길이 날뛰었지만 이를 진정시키고 서교는 그 제안을 받아들였다.

북경에서 먼 호북까지 와서 다시 되돌아간다는 생각을 하니 조금 짜증이 났지만, 일평생 무예에 몸을 받친 천생 무인인 서교는 그보다 소문으로만 듣던 무림의 무학을 겪을 생각을 하니 기분이 다시 좋아진 그녀였다.

그리고 출발 당일.

황가의 문장이 그려진 깃발을 세운 화려한 사두마차(四

頭馬車)를 뒤로 한 채, 서교는 그 앞에 서서 무공사범을 기다렸다.

약 반 각 정도 흐르고, 약속된 시간이 지나자 기대하고 있던 무공사범이 모습을 드러냈다.

"저, 저런!"

"금의위를 우습게 보는 건가!"

무당파에 온 이후부터 화만 냈던 금의위들이 또 날뛴다.

살색이 벌겋게 변색되고, 흥분했는지 콧바람을 킁킁 내뱉는다. 이마에는 퍼런 핏줄이 툭툭 튀어나왔다.

서교는 귀찮은 듯 손을 저어 금의위들을 진정시켰다. 여기서 말리지 않는다면 또 성가시게 날뛸 것은 분명하다.

그러나 서교도 금의위들의 마음을 이해 못 하는 것은 아니었다. 그녀도 실망스러운 모습을 감추지 못하고 무인으로서 존경하는 선극에 대한 마음도 옅어졌다.

'날 너무 우습게 본 것인가?'

무공사범은 약관의 나이를 이제 막 벗어나, 강호초출을 한 도인이었다. 딱히 추레하거나 무례 없어 보이지는 않는다. 다만 너무 젊어 보이는 것이 문제였다.

자고로 사범이란 건 일정한 경지여야 한다.

무림도 관부에서도 마찬가지지만 젊은 무인은 특별히 누굴 가르칠 정도의 실력을 갖추지는 않다. 절정인 서교를 가르치려면 최소 절정이여야 하는데, 눈앞에 남자가 그 정도 실력을 갖춘 것 같아 보이지는 않았다.

무학(武學)이 아니고 일평생 동안 도학(道學)을 공부한 건 아닐까 싶다.

"반갑습니다. 무당파의 사대제자, 진양이라고 합니다. 강호에서는 태극권협이라고 불리기도 합니다."

무공사범, 진양은 낯간지러워 별호를 말하고 싶지는 않았으나 무림인이 자신을 소개할 때 별호를 붙여야 하는 것이 예의인지라 어쩔 수 없이 말할 수밖에 없었다.

"금의위 백호 서교다. 초면에 실례인 질문이지만 혹시 경지가 어느 정도이지?"

초면에 말을 놓는 건 자체가 실례지만, 금의위로 평민보다 신분이 높은 서교에게 있어서는 아니다.

장문인에게 말을 높였던 건 무인으로서 그 힘을 인정하는 바이고, 거대 문파의 수장인지라 그렇다.

명성이 높은 것도 아닌데다가 하물며 무당파의 제자 중에서 가장 낮다는 사대제자에게 그럴 필요는 없었다.

"초절정이 약간 안 되는 정도입니다."

진양이 별난 걸 물어본다는 눈으로 답했다.

그의 시선이 이상한 것도 당연하다. 청솔에게 듣기로 가르쳐야 할 금의위는 절정이라 하였다. 서로 경지가 엇비슷하다면 보는 것만으로 기도를 살펴 알 수 있다.

"믿을 수 없습니다. 허세가 분명합니다."

금의위 시백호(試百戶) 범중(凡中)이 나서며 의심과 불신이 묻어나는 눈동자로 진양을 노려봤다.

그 뒤로 다른 여섯 명의 금의위도 도저히 믿을 수 없다는 의견을 꺼내며 금방 시끌벅적해졌다.

서교도 범중의 의견을 딱히 부정하지 않고 입을 닫은 채로 문제의 젊은 도인을 뚫어지게 바라보았다.

이에 도인, 진양은 귀찮다는 듯 작게 한숨을 내쉬었다.

청솔에게 사정을 들었을 때, 금의위들을 가르칠 사람이 나오지 않아 곤란하다고 하였는데 이렇게 금의위를 보니까 왜 그런지 이해가 갔다.

보통 무인은 경지가 파악이 되지 않는 사람이 있으면 두 가지로 나눈다. 첫째는 무공 자체를 익히지 않은 일반이거나, 혹은 본인보다 경지가 높아 파악 할 수 없는 경우다.

전자의 경우는 진양이 무당파의 무인으로 소개되었기 때문에 속하지 않는다.

그럼 당연히 후자를 생각하여 겉보기에는 평범해 보여도 범상치 않다고 생각하여 알아서 고민에 빠질 텐데, 금의위에게는 그런 시도조차도 보이지 않았다.

그저 나이가 어리다는 이유도 그렇지만 무인으로서 날

카로운 기도 등이 느껴지지 않아서 저러는 것이다.

"거참."

진양이 살짝 짜증을 내며 발을 굴렀다.

물론 그 전에 하단전에서 대해와 같은 공력을 끌어 올려 몸을 한 바퀴 돌린 뒤, 발끝으로 향해 기의 파장을 만들어서 주변에 잘 퍼지게 하였다.

방금 전까지 핏대를 새운 채로 목소리를 높이던 금의위들이 흠칫 놀라며 얼른 경계의 자세를 취했다.

"무슨……."

범중이 놀란 눈으로 허리춤에 옮겨진 손을 힐끗 살폈다.

눈앞에 젊은 도사가 무언가를 한지 이해가 가지 않았다.

딱히 위협적인 행동을 한 것도 아니었으며, 그저 발을 가볍게 굴렀을 뿐이었다. 그런데 그 순간이 지나자마자 몸이 제멋대로 움직였다.

정신을 차리고 보니 식은땀이 송골송골 맺혀 턱 밑으로 흐르고, 닭살이 우둘투둘 돋아있다. 흡사 산속에서 맹수의 울음소리를 코앞에서 들은 느낌이다.

"……?"

서교를 뺀 일곱 명의 금의위가 대놓고 경계 어린 자세를 취하자, 진양도 영문을 모르겠다는 표정을 지었다.

그는 지금 이 상황을 이해하지 못했다.

'왜 저런 얼굴을 하고 있는 거지?'

자신은 딱히 특별한 행동 따위를 하지 않았다. 그저 본신의 힘을 보여주려고 평소에 잠재워져 있는 공력을 개방하여 기파(氣波)를 형성해 주변에 쏘았을 뿐이었다.

물론 이와 같은 행위는 그다지 어려운 것이 아니다.

이류나 일류는 제법 힘들지만, 절정이 되면 대부분은 기를 자유자재로 조정하여 이런 수법을 쓸 수 있었다.

금의위에는 고수도 제법 있다 하니 이와 같은 건 흔히 볼 수 있을 텐데 꼭 처음 겪는 것 같은 모습을 보여주니 황당할 따름이었다.

또한 겉보기에 절정의 경지 정도 됐을 법한 서교도 면사포로 얼굴이 가려져 표정은 알 수 없어도 당황하는 것을 알 수 있었다. 절정의 무인이 이런 것에 놀라는 것이 도저히 이해가 가지 않는 진양이었다.

그렇게 서로를 이해하지 못하며 긴장된 분위기가 이어질 무렵, 그 침묵을 먼저 깬 것은 진양 쪽이었다.

"과연. 혹시 당신들은 내외법(內外法)을 모르십니까?"

"내외법……?"

범중이 눈살을 찌푸리며 무슨 소리를 하냐는 듯이 진양을 쳐다보았다. 다른 금의위도 같은 반응을 보였다.

"왜 그런 반응을 보였는지 대충 감이 잡히는군요."

진양이 손뼉을 치며 그제야 이해가 간다는 표정을 지었다.

"무슨 소리냐! 네 이놈, 우리를 능멸하는 게냐!"

범중이 소리를 버럭 질렀다.

특별한 설명도 없이, 혼자서 죄다 이해하는 모습을 보니 꼭 자신들을 놀리는 것 같아 불쾌해졌다.

"그만."

서교가 손을 들어 올려 범중을 제재했다.

그녀는 면사포로 가린 푸른 눈을 빛내며 흥미를 보였다.

"실례했다. 일단 네가 정말로 절정이라는 것은 방금 전 그 기묘한 수법을 통해 알 수 있었다. 그렇지 않느냐, 범중?"

"……예."

아직도 저 무례한 도인이 마음에 들지 않았지만, 범중은 서교의 말에 찬동하는 바였다.

"오해는 어느 정도 풀린 것 같군. 네가 말한 내외법이라던가 물을 것은 많으나 아무래도 장소가 마땅치 않으니 출발해서 천천히 듣도록 하겠다."

"알겠습니다."

第十章
황궁무예(皇宮武藝)

　금실로 용을 새긴 깃발을 펄럭이며 화려한 사두마차가 무당산을 출발했다. 마차 주변에는 똑같은 깃발을 든 채 명마 위에 앉아 엄중한 분위기를 풍기는 금의위가 호위를 하였다.

　사두마차 앞에는 어떠한 것도 장해물이 되지 않았다.

　무당산 인근의 마을을 지날 때에는 사람들이 지레 겁을 먹고 길거리에 주저앉아 머리를 숙였다. 혹여 라도 실례를 범할 경우, 일족 전체가 무사하지 못한다.

　'과연 관부의 마차인가. 겉만 화려한 게 아니었구나.'

　고급 마차는 백리선혜가 내준 것이 마지막이라고 생각

했다. 이보다 더 좋은 마차는 없을 것이라 생각했는데, 전혀 아니었다. 과연 황궁의 마차답다 할 정도로 여행길은 무척이나 편안했다.

마차 안에는 진양과 서교가 서로 마주 앉아 있었다.

"후우. 이제 좀 숨을 돌리겠군."

서교는 답답한지 면사가 씌인 죽립을 벗어 무릎 위에 올려두었다.

"무슨……?"

진양은 너무 놀라 말을 잇지 못하고, 무례라는 것도 잊은 채 서교에게서 시선을 떨어뜨리지 못했다.

이에 서교는 시선에 익숙한지 어색하게 웃었다.

"놀랐나? 그렇다고 귀신이나 수라(修羅)는 아니고 너와 똑같은 인간이니 그렇게 놀랄 건 없다."

황궁에선 서후와 서교의 일화가 워낙 유명하다 보니 조금 놀랄 뿐 그다지 큰 반응을 보이지는 않는다. 그 외에도 배운 것이 많은 사람들도 제법 놀란 편이지만 경기를 잃거나 하지는 않았다.

그러나 그 외의 사람들은 배우기는커녕 글자도 모르는 문맹(文盲)이 많기에 가끔씩 서교를 보고 이승 사람이 아니라 지옥의 수라나 혹은 귀신이라 종종 칭하곤 했다.

물론 도사는 무식한 자가 아니니 그럴 걱정은 없다.

어색한 분위기를 만들지 않게 서교가 가벼이 농담을 했을 뿐이었다.

허나 진양이 놀란 이유는 따로 있었다.

"벽안검화라는 별호라고 하더니만…… 설마 서양인(西洋人)이었을 줄이야."

진양은 강호에 대한 소문에 대해 귀가 좀 어둡다.

아는 것이라곤 무림팔존처럼 누구나 다 알법한 상식적인 정도고, 그 외에는 말하기 좋아하는 진성에게서 들은 정도여서 벽안검화에 대해서는 들은 바가 없었는지라 잘 알지 못했다.

"서양인……?"

서교의 푸른 눈동자에 이채가 서렸다.

"스페인……아니, 에스파냐에 오셨습니까? 혹은 오스트리아나 폴란드입니까? 아니, 거리상으로 보자면 러시아가 가장 알맞겠군요."

그는 평소와 다른 모습을 보였다. 이 시대에서는 결코 볼 수 없지만 현대에서는 번화가만 나가도 쉽게 볼 수 있는 서양인을 보아서 그럴까, 실로 오랜만에 고향의 향기를 맡아 반가운 마음에 자기도 모르게 흥분한 진양이었다.

"에쑤빠냐? 오스뜨릴? 뽈란……?"

그러나 천연 중원인인 서교는 어눌한 발음으로 따라하

며 당혹스러워했다.

"무슨 소리지? 난 그런 나라를 들어본 적도, 본 적도 없다."

"예? 모른다니……?"

"아무래도 착각을 하는 것 같군. 난 중원인이다."

서교는 그에게 간략하게 자신의 태생에 대해 설명했다.

"그런 사정이…… 이것 참 실례했습니다."

사정을 들은 진양이 아쉬워했다.

비록 전생에서 외국인 친구는 단 한 명도 없었지만, 그래도 유럽인을 보자마자 옛 생각이 나서 자기도 모르게 아이처럼 들떴다.

"괜찮다. 헌데 네놈은 참으로 특이하구나. 나도 모르는 고향에 대해서 어찌 그리 잘 알고 있느냐?"

이번엔 서교가 흥미를 보였다.

그녀의 입장에서 그는 보기 드문 사람이었다.

황궁에서조차 자신과 언니의 고향에 대해 알고 있는 사람은 적었다. 설사 안다고 하여도 먼 나라에 중원인과는 머리부터 발끝까지 전혀 다른 인종과 문화가 있다는 것 정도가 한계다.

또한 명나라 시대의 사람들은 중원이 세계의 중심이라는 광오한 사고방식을 지니고 있었다.

인근의 나라에 대해 약간 관심은 있어도 유럽 쪽까지는 관심을 두지 않았다.

알고 있는 외국이라 해봤자, 북방의 만주족이나 남부 해안지역에서 출몰하는 왜구(倭寇)가 대표적이다.

그 외에는 새외 세력으로 알려져 있는 북해빙궁이나 서역의 포달랍궁 등 정도다.

"그건⋯⋯."

아차했다 싶었다.

황궁에서 내로라하는 학사들도 모르는 사실을 자기도 모르게 흥분해서 어리석게도 말해 버렸다.

딱히 큰 문제는 아니지만, 그래도 일평생을 무당에서 살아온 도인이 알고 있는 건 조금 이상하다.

"예전에 강호초출 때 우연찮게 주웠던 서적에서 읽어본 적이 있습니다. 제법 자세하게 쓰여 있어서 기억에 남았습니다."

그가 아직 현대인과 중원인의 기억에 익숙해지지 않았을 무렵이 있었다.

그는 가끔마다 자기도 모르게 현대의 지식을 발설하여 주변 인물에게 의아한 시선을 받았는데, 그때마다 적당히 거짓을 말하다 보니 어느새 익숙해져 지금처럼 적당히 둘러댈 수 있었다.

"호오, 과연. 혹시 그 서적을 지니고 있나?"

다행히 서교는 딱히 이상하게 생각하지 않는 모양이었다. 다만 자기 태생에 대해 호기심이 생겼는지 아름다운 푸른 눈을 빛내며 흥미를 보였다.

그녀가 아무리 중원에서 쭉 자라 와서 고향에 대해 특별한 감정이 없다곤 하지만, 그래도 남들과 다른 태생을 지니고 있으니 궁금해 하는 것은 당연했다.

어렸을 적에도 서후에게 물어보긴 했으나, 서후는 혹여라도 이 먼 중원 땅에서 하나밖에 없는 가족이 고향에 대해 꿈을 가져 덜컥 사라지기라도 하면 어쩔까 하고 걱정되어 말해 주지 않았다.

"아니오. 당시에 비무대회에 집중하느라 그만 잃어버렸습니다."

"그래? 그것참 아쉽군."

서교는 입맛을 다시며 별수 없이 포기했다.

궁금하긴 하지만, 집착할 정도는 아니다. 어릴 때를 빼곤 딱히 미련을 두고 고향에 대해 조사한 적도 없었다.

그래도 아주 조금은 미련은 남았는지 그가 처음 꺼냈던 에스파냐나 오스트리아, 혹은 폴란드나 러시아에 대해 물었다.

진양은 혹시라도 서교가 자기 때문에 중원을 뛰쳐나가

유럽에 갈 것은 아닐까 걱정되어 일부러 잘 모른다며 두루 뭉술하게 대답했다.

현대에 있을 적 영화에서도 나왔지만, 황실에 깊게 관련되어 어떠한 일에 휘말리면 좋은 꼴은 보지 못한다.

'그나저나 세상 참 정말 어찌될 줄 모르는구나. 외관은 영락없이 유럽인 혹은 서양인이 분명한데 속은 토종 중원이라니 말이야.'

*　　　*　　　*

호북에서 북경까지는 멀다.

북측으로 쭉 올라가, 하남과 하북 두 지방을 지나야 겨우 북경이 나온다. 게다가 한 지방이 사천 만큼은 아니지만 그래도 땅 자체는 큰 편이었다.

아무리 산적이건 뭐건 간에 어떠한 것도 앞을 막는 장애물이 존재하지 않는다는 금의위의 마차라 하여도 현실적으로 거리가 멀다보니 한 달 이상은 족히 잡아야했다.

당연한 이야기지만 가다가 날이 저물고 마을이 보이지 않으면 노숙을 해야 했다.

일행 모두 무인이기에 딱히 노숙이 싫지는 않았다.

일행 중 유일하게 여자인 서교가 있었지만, 그녀도 어릴 적부터 제법 땅바닥을 굴렀다. 비록 북경 바깥으로 나온 건 처음이었으나, 이미 북경에서 호북까지 오는데 노숙을 제법 한 경험이 있어서 상관없었다.

그리고 노숙하는 동안에 서교는 진양에게 시간이 남는 겸 무공을 가르쳐달라고 요청했다.

하루, 아니 한시라도 빨리 중원 무림의 무학을 경험하고 싶었다.

"그 내외법이란 것부터 가르쳐 줘라."

대놓고 명령조였지만 진양은 울컥 하고 화를 내거나 하지는 않았다. 신분도 신분이지만 황실에서 자란 서교기에 남들에게 하대하며 부탁이 아니라 명령하는 건 당연한 일이었다.

'나라서 넘어가지 다른 무인들이었더라면 싸움부터 일어났을 거야.'

천하의 진양도 조금 기분이 나쁠 정도다. 다른 사람이 듣는다면 어찌 반응할지 눈에 안 봐도 뻔했다.

그가 합리적인 성격을 지니고 있는 덕분에 서교의 태도에 어느 정도 이해할 수 있었다.

도리어 황궁의 인물이라 하여도 신분이 낮고, 나이도 굉장히 어렸다면 당연히 화를 내고 짜증을 부렸을 것이다.

하지만 서교에게는 그럴 수 없다.

신분도 압도적으로 높고, 나이도 높아 보인다.

거기에 진양은 공식적으로는 아니지만 그래도 무당에서 사범으로 파견된 입장이다. 여기서 괜히 문제를 일으켰다간 필시 무당파에 문제가 생긴다. 그럴 수는 없었다.

왜 수많은 도인들이 이와 같은 의뢰를 피한지 똑똑히 알 수 있었다.

"그 전에 가볍게 대련을 통해 실력을 알고 싶습니다."

서쪽 동산 위로 뉘엿뉘엿 넘어가는 석양을 힐끗 살펴보며 그가 말했다. 여름인지라 아무래도 해가 지는 것이 늦다. 어둠이 하늘을 완전히 가리기 전에 얼른 대련하는 것이 좋았다.

"당연하지만 허튼수작을 한다면 용서하지 않겠다."

범중이 눈을 날카롭게 뜨며 나지막이 경고했다.

그 뒤로 여섯 명의 금의위도 대놓고 투기를 내뿜었다.

그들은 서교의 수하이기도 하지만, 동시에 후궁의 여동생을 지키는 호위이기도 했다. 어떠한 일이 있어도 몸을 날려 지켜야만 하는 막중한 중책이었고, 만약에라도 무슨 일이 생긴다면 천하의 금의위라도 목이 날아간다.

"걱정할 필요 없습니다."

자리에 일어선 그가 둔부에 묻은 먼지를 툭툭 털어 냈다.

"그의 말이 맞다. 무슨 일로 날 죽이겠느냐? 게다가 나에게 무슨 짓이라도 했다간 무당파는 물론이고 그에 관련된 이들은 모두 화(禍)를 피하지 못하니 감히 그러지 못할 것이다."

'우습게 볼 여자는 아니구나.'

서교의 말에 섬뜩해진 진양이었다.

대놓고 말하지는 않았지만, 허튼수작을 했다간 본인은 물론이고 주변 인물도 무사하지 못할 것이라는 경고를 자연스럽게 돌려서 말했다.

하기야, 이러나저러나 하여도 황궁의 인물이다. 설사 어릴 적부터 무예에만 깊이 신경 썼다 해도 권력투쟁으로 가득한 황궁에서 자랐으니 머리회전도 남들과는 다를 것이다.

"너희들은 불이라도 피우며 얌전히 보고 있거라."

스릉.

서교가 척 봐도 범상치 않아 보이는 명검을 검집에서 시원스레 뽑아냈다.

피처럼 붉은 노을에 반사되는 검광(劍光)만 봐도 흔한 검은 아니다. 뽑는 소리도 대단하였지만, 어딜 봐도 수백 냥의 가치는 할 듯한 검이다.

'갑옷만 입지 않았지, 그야말로 전형적인 중세의 여기

사구나.'

진양이 속으로 피식 웃었다.

눈이 부실 정도로 환한 금발이 바람에 흩날리고, 중원에서 볼 수 없는 서구적인 외모를 보니 꼭 중원이 아니라 중세 땅을 밟고 있는 것 같다.

"검은 필요 없나?"

서교가 자세를 취하며 물었다.

"제 장기는 권법과 장법입니다. 검도 기초는 할 수 있지만, 도리어 제 실력을 낼 수 없습니다."

"그런가. 그럼 먼저 가겠다!"

서교가 당찬 기백을 뽐내며 선공을 날렸다.

'생각대로다.'

어느 곳을 공격하겠다는 듯이, 노골적으로 투기를 쏘며 턱 끝을 노리는 검초에 진양은 후퇴하여 가볍게 피해 냈다.

"합!"

계속해서 서교가 기합을 터뜨리며 검초를 정신없이 쏟아 냈다. 이에 그는 제운종을 이용하여 최소한의 움직임으로 검을 아슬아슬하게 피해 냈다.

'이게 황궁의 무학에서 나온 금의위의 검술인가.'

진양에게 있어서도 제법 귀한 경험이었다.

무림과 관부는 예로부터 서로 관여하지 않기 때문에, 당연히 접점이 없다. 서로 싸울 일도 없었다.

서교의 손에서 펼쳐지는 검술은 굳이 말하자면 정파가 아니라 실전을 중심으로 한 사파와 닮아 있었다.

'당연하겠지. 황궁에서 무학에 대한 공부 따위는 존재하지 않으니까.'

관부의 무력집단은 오직 적을 죽이기 위해서 존재한다.

황궁무예 또한 다르지 않다. 오랑캐 등 타국의 침략에 대비하여 무예를 갈고 닦는다. 당연히 오직 적을 죽이겠다는 일념 하에 수련하거나, 혹은 암살자 등, 적에게서 황족을 지키기 위해 수련한다.

명나라는 물론이고 중원 역사상 반란이나 모란 또한 번번이 일어나기에 정파처럼 공부라 생각하여 병기를 휘두를 수는 없었다.

'실력은 딱 절정 정도. 그리고……'

쥐새끼처럼 요리조리 피하기만 하던 진양이 갑작스레 멈추며 발끝에 힘을 주곤 지면을 훑었다. 땅에 있던 자갈과 모래가 그 힘에 실려 다가오는 서교를 향해 날아갔다.

"흠!"

서교가 옅은 침음을 흘리며 얼른 옆으로 몸을 굴렸다.

진양은 눈동자를 굴려 슬쩍 금의위들의 반응을 확인했

다. 그들은 서교가 혹여나 치명상이라도 입을까 걱정하며 주의 깊게 보고만 있을 뿐, 별다른 반응은 보이지 않았다.

'과연, 인식도 꽉 막혀 있지는 않구나. 철저한 군인다워.'

일반적인 비무였다면 그의 행동에 백이면 백 대부분의 무인들은 비겁하다며 진양을 비난했을 것이다. 하지만 금의위들은 비난은커녕 그다지 관심도 보이지 않았다.

이는 황궁무예의 특성 때문이었다.

아까도 말했다시피 황궁무예는 오직 타국의 침략 행위 등 대부분 전쟁을 생각하고 연구되고 만들어졌다.

전쟁에서 흙을 뿌렸다고 비겁하다고 외치면 비웃음을 당하며 죽을 뿐이다. 전쟁은 잔혹하다. 강한 자가 살아남는 것이 아니고, 살아남는 것이 강하다는 인식이 크다.

어찌 보면 사파보다 더한 실전적인 무예였다.

"하아아압!"

서교가 제법 큰 기백을 선보이며 검초를 날렸다.

"흐읍!"

한 발자국 전진하며 일 권을 내지른다.

부우웅 하고 묵직한 파공성을 내뱉으며 주먹은 깨끗한 직선을 그려냈다. 그러곤 빈 허공을 꿰뚫고 창처럼 쏘아져 나가 검을 쥔 서교의 손목을 가볍게 쳐내려했다.

"어딜!"

서교가 급히 검을 회수하여 주먹을 피해 냈다.

허나 공격은 거기서 끝이 아니었다. 진양은 자세하나 바꾸지 않고 반대쪽 손을 출수하여 서교의 손목을 낚아챘다.

그러곤 그대로 손목을 쥔 채로, 빙글 돌려 서교의 몸을 허공으로 띄었다.

"큭!"

서교가 외마디 비명을 흘리며 바닥으로 떨어졌다.

다행히 진양이 손속에 사정을 두었기 때문에 등뼈가 부서지는 등의 치명상은 피할 수 있었다.

허나 서교는 아직 포기하지 않은 듯, 검을 쥔 손에 힘을 풀고 반대쪽 손으로 지면을 짚곤 밑 발차기를 날리려했다.

"끝났습니다."

진양이 눈으로 보지도 않고 발을 움직여 밑 발차기를 막아내곤 심드렁한 어조로 말했다.

"끄응."

그제야 서교도 패배를 인정하며 몸에 힘을 풀었다.

진양은 그녀를 일으켜준 뒤에 물었다.

"어땠습니까?"

"황궁의 무학과는 완전히 달라 당황했다. 특히 내 검을 피할 때 그 요상한 움직임을 보면 꼭 요괴에게 홀린 것 같더군."

서교가 몸에 묻은 먼지를 털어 내며 답했다.

"저게 무림의 무공인가……."

멀리서 지켜보던 금의위들이 감탄했다.

진양의 무위를 줄곧 의심하고 있던 범중조차 순수하게 탄성을 내뱉으며 놀랜 기색을 감추지 못했다.

진양도 놀라기는 마찬가지였다. 물론 금의위와는 다른 의미로 놀랬다.

'완전히 체계가 다르다. 황궁의 무학은 갑옷을 입었다는 가정 하에 만들어졌다.'

무림인은 병사가 아니다. 당연히 갑옷을 입지 않는다.

그러나 금의위는 다르다. 그들은 평소 단련할 때 갑옷을 필시 착용해야 한다.

전쟁을 하게 되면 당연히 조금이라도 생존율을 높이기 위해서 갑옷을 입어야했다. 그래야 눈먼 칼이나 화살을 조금이라도 막을 수 있다.

평소에 착용하고 단련하는 건 조금이라도 갑옷의 무게에 익숙해져 전시에 기동성을 높이기 위해서였다.

그렇다 보니 당연히 무공도 갑옷을 착용한 것을 가정 하에 연공하였고, 황궁무예도 이에 맞춰서 진화했다.

'황궁의 무예에는 보법이 존재하지 않는다.'

무림의 보법은 애초에 갑옷을 입지 않기 때문에, 피하는 법을 연구하다 보니 생겼다.

그러나 관부의 군인은 그럴 필요가 없었다.

어차피 갑옷이 일정한 공격이나 화살 등을 막아주기 때문에 보법의 필요성이 없어서 보법이 만들어지지 않았다.

진양은 서교와 공수를 교환하면서 그녀의 움직임을 하나하나 살폈다. 움직임 자체에 피하는 의도가 보이지 않았고, 오직 투철한 공격밖에 없었다.

'아무래도 가르치는 데 꽤나 골치 아프겠구나.'

서교가 단순히 무림의 무학을 경험하고 싶었다면 문제가 되지 않는다. 하지만 그녀는 무공을 배우고 싶다하였는데, 황궁무예와 무림의 무공 체계가 완전히 다르다보니 과연 가능할까 싶었다.

"후후. 조금이라도 그대를 의심하지 않아서 미안하다. 정식으로 그대를 사범으로 인정하겠다."

서교는 후련한 얼굴로 생긋 웃음을 보였다.

그 웃음이 무척이나 아름다워 수하인 금의위들조차 얼굴을 살짝 붉힐 정도였다.

"자, 너희들도 그에게 사과하도록 하여라. 이처럼 대단한 무위를 지니고 있는데, 그를 무시한 건 큰 결례다."

서교가 뒤를 돌라 금의위들에게 말했다.

"미안하다."

범중이 앞으로 나서 솔직하게 사과했다. 그에 따라 다른 금의위들도 가식이 아니라, 진심으로 우러나오는 모습을 보이며 머리를 숙였다.

비록 신분이 높고, 무공 체계가 완전히 다르다곤 하나 천성 무인이라는 점에서 나오는 예의는 별반 다르지 않다.

진양을 강자로 인정했기 때문에, 이렇게 사과를 하는 것이다.

"괜찮다면 우리에게도 가르쳐줬으면 한다."

무인이라면 응당 강함에 대해 끝없이 욕심이 있기 마련.

그들도 진양에게 가르침을 원했다.

'그래도 썩 나쁜 인간들은 아니구나.'

정말 자존심이 강하고, 인성까지 좋지 않다면 자기보다 강하다하여도 이를 인정하지 않는다. 도리어 추레하게 질투하며 사사건건 시비를 걸 텐데, 이렇게 솔직하게 인정하며 강자로서 추대해 주니 기분이 좋아진 진양이었다.

'윗물이 고와야 아랫물도 곱다는 속담이 있는데, 정말 그 말대로구나.'

서교는 좋은 상관이었다.

수하 앞에서 남에게 패배했는데도 딱히 수치스러워 하지 않았다. 도리어 배우는 자의 입장으로서 예를 표하라고

수하들에게 말하였다.

"좋습니다. 어차피 한 명이나 여덟이나 그다지 변할 건 없지요. 어차피 북경까지는 긴 시간이 될 테니, 제가 아는 정도는 가르쳐드리도록 하겠습니다."

딱히 무당의 절기를 가르쳐 주는 것도 아니었다.

황궁의 무예를 봐주고, 어느 정도 손봐주는 정도다. 게다가 무당을 아직 떠나기 전에 장로진에게서 태극권 정도는 서교에게 전수해도 괜찮다는 허가도 받았으니 문제없었다.

'하하하. 정말 기이한 일이로구나. 제자도 없는데 설마 금의위들에게 무공을 가르칠 줄은.'

〈다음 권에 계속〉

魔劍王

마검왕

나민채 퓨전무협 장편소설

FUSION ORIENTAL FANTASY STORY

『죽지 않는 무림지존』, 『천지를 먹다』
베스트 셀러 작가 나민채의 신작!

강호와 현실을 자유롭게 넘나들며 벌이는 스펙터클한 퓨전 무협

강호의 마교 소교주, 현실의 고등학생이라는 두개의 삶.
나를 다른 세상으로 부른 흑천마검에는 놀라운 비밀이 숨어 있다!

dream
books
드림북스

수라왕

이대성 신무협 장편소설

NAVER 웹소설 인기 무협『수라왕』,
책으로 다시 돌아오다.

산법에 뛰어난 재능을 지닌 명석한 소년, 초류향.
진리를 깨우치고 숫자로 세상을 보게 된 소년,
그가 강호에 첫발을 내딛는다.

인물들의 외전과 뒷이야기를 정리한 설정집 수록!

dream books 드림북스